U0690317

马国兴　王彦艳　主编

风铃鸟系列美文读物

两块月饼一个圆

文心出版社

·郑州·

图书在版编目(CIP)数据

两块月饼一个圆 / 马国兴,王彦艳主编 . — 郑州 :
文心出版社,2016. 5(2016. 6 重印)
ISBN 978 - 7 - 5510 - 0844 - 0

Ⅰ. ①两… Ⅱ. ①马… ②王… Ⅲ. ①小小说 - 小说
集 - 中国 - 当代 Ⅳ. ①I247. 8

中国版本图书馆 CIP 数据核字(2016)第 055193 号

出版社:文心出版社
　　(地址:郑州市经五路 66 号　　　邮政编码:450002)
发行单位:全国新华书店
承印单位:河北鹏润印刷有限公司
开本:700 毫米×960 毫米　　　1 / 16
印张:12
字数:150 千字
版次:2016 年 5 月第 1 版　　**印次**:2016 年 6 月第 2 次印刷

书号:ISBN 978 - 7 - 5510 - 0844 - 0　　　**定价**:30. 00 元

目录 Contents

目
录

过了初六是初七

○赵　新

那件事情让我记忆犹新，让我想起来就后悔莫及！

我欺骗了善良，欺骗了真诚。

我二十多岁的时候，是一位中学老师，教孩子们音乐和语文。那所中学离我老家沟里村很近，每年放了年假我都回到村里，参加村剧团的演出活动。我们沟里村剧团在全县名气很大，我给他们编写剧本，谱写曲调，当导演，拉胡琴，有时甚至粉墨登场，扮演剧中主要人物。我最喜欢扮演农村老头，我竟然演得惟妙惟肖，以假乱真！

我是沟里村剧团的台柱子，团长赵山对我大加吹捧。

我记得非常清楚，1963年的正月初六，我们村剧团照例进行串村演出。所谓串村，就是在这个村里演了以后，再到那个村里演，上午到刘家沟，下午到王家沟，晚上再到李家沟。那天我们化着装来到杏树弯村演出时，苍茫的暮色中，天上亮弯了一钩月牙，山头上闪烁着颗颗星星。

杏树弯的乡亲们热情好客，非让我们先吃饭，后演出，说我们跑了一天了，嗓子干了，腿脚乏了，再直接到台上演戏，有些难为我们！

赵山说：那大家就带着装吃饭吧，吃了饭好好给人家演出！

领着我和赵山去他家吃饭的是一位老汉，他在前头走，我们在后

头走。月色昏黄,村巷朦胧,我拿眼去看老汉时,发现他的那身打扮竟然和我这位"老汉"的装束一模一样:头戴一顶毡帽壳,上身穿一件大襟棉袄,腰里紧一条褡包,手里提了旱烟袋。我学着他的步子老态龙钟地走了几步,差点儿被街面上的一块石头绊个跟头,老汉回过身来扶住我,很认真地提醒道:老哥,慢点儿走!咱们山沟里,就是石头多!

星光月影中,他把我看成了真正的农家老汉!

赵山笑了,悄悄地说:二哥,你听见了没有?今天晚上有戏了!

老汉的家非常干净,非常温暖,炉火通红,热气腾腾。油灯挂在墙上,灯苗摇曳,屋里似暗若明。我们进门就上炕,上炕就吃饭,老汉一边给我们斟酒一边叼着烟袋抽烟,那张饱经沧桑的脸笑出憨厚,笑出对客人的尊敬。

赵山说:大叔,你家里的人呢?我婶子呢?我弟弟妹妹们呢?你叫回他们来,咱们一块吃。别客气,我们也是庄稼人!

老汉说:他们早吃了,早跑到戏台底下占座位去了。你们沟里村剧团头一次到杏树弯演戏,大伙高兴得不行,早在家里待不住了。老汉忽然扭头问我,老哥,你这么大的岁数,也跟着剧团到处去跑?他们都是年轻人……

赵山说:大叔,你看着我二哥的胡子长,其实他岁数不大,他今年才52岁!他是我们村剧团的台柱子,没了他,我们天缺一角!今天晚上他唱压轴戏,大叔一定给捧捧场,一定给鼓鼓掌!

老汉说:好容易你们来一趟,我当然得去!老哥,你家里几口人?大嫂愿意叫你出来?孩子们愿意叫你演戏?天寒地冻,翻山越岭,你千万别碰着、摔着!

赵山说:大叔,你别哪壶不开提哪壶呀,我赵尚二哥到现在还没结婚(那一年23岁的我真的还没有结婚),哪来的大嫂?哪来的孩子?

老汉斟酒的手猛地一抖,酒便洒了一世界。

赵山重重地感叹一声:大叔,光棍苦,光棍苦,裤子破了没人补;光棍难,光棍难,吃饭不管淡和咸啊!

老汉点了点头:对不起,怪我把话问多了,你们吃,你们吃!

他用手擦了擦眼。他的眼里浮满了泪水。

我们向他道谢告别的时候,才知道他的名字叫作刘老畅。他说他和我同岁,今年也是52。我很想把我的实底告诉他,赵山说等等吧,他还没看你的戏!

那天晚上我们的演出特别成功。我在最后一出小戏《老汉相亲》中登台表演。当我满怀喜悦地唱到"男人是叶来女人是花,没有女人不成家,老汉今天相亲去,且把夕阳当朝霞"的时候,台下掌声如潮,群情激动。老汉坐在台下最前排,他在拼命鼓掌时,眼里又有了晶莹的泪水。

散戏以后,我们跟头骨碌往家跑,早忘了再和老汉打个招呼的事情。

过了初六是初七。第二天狂风肆虐,大雪纷飞。早饭之后,我正在屋里很甜蜜很骄傲地回味昨天晚上的演出时,老畅大叔披着满身白雪走了进来!我很惊奇,拉住他的手说:大叔,您怎么来了?他很惊奇,撒开我的手说:你就是赵尚?在我们杏树弯那个演老头儿的?

老汉是来给我提亲的。他说他知道一个光棍老汉的难处和苦处,他愿意把他的妹妹嫁给我;他的妹妹就在他们本村一家做媳妇,前几年死了男人,跟前有个十多岁的娃儿。他很不好意思地笑了笑,搓着一双大手说:对不起,我眼拙,你那么一化装……多亏我妹妹没有来……

我说:大叔,是我们对不起您,是我和赵山欺骗了您!

他说:我也欺骗了你们呀!实际上我是一个光棍汉,怕你们吃不好喝不好,我就编了那些瞎话糊弄你们……那顿饭是我妹妹做的!

我把赵山找来时,屋里已经没人了。我的邻居告诉我,那老头已经走了,他的妹妹还在村外等着他……

两块月饼一个圆

○赵　新

　　1968 年的中秋节我流浪在外州外县。那时候闹"文革"，两派之间发生武斗，农历二月我们就从老家跑了出来，谁想一出来就很难回去。

　　我很想念父亲。我三岁时死了母亲，父亲把我拉扯成人，给我缝衣做饭，供我上学读书，后来我参加了工作，成了一名中学教师，还发表过一些文章，父亲很是为我高兴。如果有一个月见不到我的面，老人就会把口信儿捎到学校，问我身体如何，工作如何，怎么也不回家看看，等等。我知道我是爹的依靠，爹的希望，我在爹的心里占的分量很重。

　　半年没有回家，爹该怎样想我？老人家已经年逾古稀，耕作之后还得做饭烧炊，儿子不在他的跟前，他怎样面对那漫漫的长夜、萧瑟的秋风，怎样面对那血红的残阳落日？往年的中秋节学校改善伙食，我都要让走读的学生给父亲捎回一点饭菜、一包月饼，今年离家一百八十里路，天也苍苍地也茫茫，一是没东西可捎，就是有又如何捎得回去？

　　中秋节那天细雨如烟，端起碗来吃饭时我心里发堵。下午我们村里来了人，他是给生产队赶马车路过这里，特地找到我的住处，把我叫

了出来。

我说：大哥，你怎么来了？

他说：你家二叔让我给你捎着点儿东西，千叮咛万嘱咐，让我一定捎到，一定亲手交给你。

他把一个纸包递给我。

我说：大哥，我爹的身体好吗？

他摇了摇头：不好。二叔天天站在村口，抬头望着远处，呼喊你的名字！

我说：大哥，你回去告诉他，就说我这里很好，吃的也好，住的也好，身体也好。

大哥说：这慌乱年头，你的话他相信吗？就算你这里很好，捎个信儿能够解决问题吗？他主要是想你，见不到人，叫天天不灵，叫地地不应啊！

大哥挥泪而去。我把那纸包一层一层剥开时（我记得很清楚，那个小小的包共包了八层纸），里面是半块酥皮月饼：月饼已经干了硬了，闻了闻却没有变味。

爹什么时候买的这个月饼呢？一定是早就买下了，没有合适的机会捎过来！

爹为什么只给我捎半块月饼呢？他一定是只买了一个，思念远方的儿，于是他半块，儿半块……

那天晚上雨过天晴。当圆圆的月亮升起来、天也皎洁地也明媚的时候，我听到哪里响起了枪声。于是我恍然醒悟爹只给我捎来半块月饼的道理。

我含着满眼泪水把那半块月饼包起来，放在我的书包里。我一定把它带回家里，交给父亲。

又过了一年。我们心急火燎地返回自己的县城时，又是八月中

秋。我匆匆忙忙回到家里，爹已经重病在身，卧床不起，见了我号啕大哭，拉住我的手久久不放。

那一天正是农历八月十五。那一夜的月亮特别圆。

映着如水的月光我把自己买回来的月饼拿给父亲吃，老人很吃力地说：儿呀，爹已经吃不了东西啦，你回来了就好……爹还给你留着月饼哩。说完伸手示意，让我拉开桌子下面的抽屉。

我从抽屉里拿出了一个纸包。我把纸包一层一层剥开，里面同样是半块酥皮月饼。月饼已经很干很硬了，闻了闻却没有变味。

爹说：儿呀，你吃吧，那是去年买下的。我经常打开看一看，没摆坏……

我突然想起去年八月十五的事。我急忙拿过书包，从纸包里剥出那半块酥皮月饼来。

我把两块月饼对在一起，严丝合缝，正好对成一个圆，很像外面天上的月亮。

爹看笑了：小子呀，那半块月饼你也没舍得吃？

我的泪打在那个圆上，一时说不出话来。

拉着小车散步

○赵　新

　　男人天天早晨扶着女人在小路上散步。

　　小路位于村西的山脚下。小路被他们日复一日、来来回回地踩踏，路面变得很光亮，很干净。

　　正是春天，小路两旁杨柳依依，桃杏累累，鸟语花香。

　　女人累得气喘吁吁，头上冒出汗来。

　　女人说：咱调头吧，调头回家。

　　男人笑了：你这个人说话真逗，还调头！你是汽车或飞机吗？

　　女人说：不是调头是什么？是调屁股？

　　男人说：你呀，净抬杠。调屁股就调屁股，咱们调过屁股往家走！

　　他们回到他们那处黄土小院时，太阳刚刚出山。

　　男人把女人抱在椅子上，洗了洗手，开始做饭。

　　男人不会做饭。男人这一辈子最憷做饭。

　　男人问女人：想吃什么？

　　女人故意逗他：你能做什么？

　　男人的脸红了，憨憨地说：你别哪壶不开提哪壶——我那两下子你知道！

　　女人说：那就熬粥吧。你先在锅里添上两瓢水，然后烧火！

男人数着一、二往锅里添了两瓢水,然后蹲在灶前烧火。

女人说:水烧热了下两勺米,一勺大米,一勺小米。

男人又数着一、二往锅里下了两勺米,一勺大米,一勺小米。

女人说:搁碱,拿小勺,搁一小勺!

锅开了,一股浓重的米香在院里飘散。一只鸡跑进来,抻长脖子,要往灶台上跳。

女人说:打鸡,打鸡!

男人说:这个不用你嘱咐,我知道。这又不是做饭!

粥熬好了,男人去菜园地里拔了一把带着露水的小葱,还买回一块豆腐来。

女人高兴了:老汉,我给你出个题目,你知道小葱拌豆腐当怎么讲吗?

男人说:就你聪明! 小葱拌豆腐,不是一清二楚吗?

女人哈哈大笑,笑出两眼泪水来。

男人说:只要你高兴,你就使劲笑。电视上说,笑比哭好!

他们吃饭的时候发现了一个大问题。女人一声惊叫:死人,这菜你没放盐吗?

男人说:哎呀,你没有告诉我!

女人发火了:混蛋! 我没告诉你,就是理由啊? 我没告诉你,你咋知道你是一个男人啊?

男人慌了:老婆,你是病人,你千万别动怒! 我想起来了,那个小葱拌豆腐是一清(青)二白,对吗?

女人的气消了一大半:你呀你呀,你就会逗着我玩儿!

夜来了,月亮升起来了。从窗户口望出去,月亮很大,月亮很圆。

男人给女人洗了澡,铺了床,把女人抱进被窝。

女人哭了,呜呜咽咽抽抽泣泣,泪水映着天上的月亮,一副痛不欲

生的样子。

男人说：你这个人一会儿刮风，一会儿下雨，谁又害着你啦？

女人捉住男人的手：谁也没有害着我，是我自己后悔啦。我早晨不该发火，不该骂你；我自己做饭也有忘记放盐的时候。将心比心，我后悔死啦！你也是四十多岁的人了，家里也是你，地里也是你，我还累着你，还挨我的骂……

女人说不下去了，女人泣不成声。一只蟋蟀很响亮地叫起来，和唱曲儿一样，给屋里增添了许多活力、许多生气。

男人说：这事还用得着赔礼道歉吗？你听那只虫儿都在笑话你。人家说打是亲，骂是爱，不打不骂土坷垃。两个孩子不在家，你不闹腾我闹腾谁？

女人说：我还把家里的钱花光了。你们挣个钱很不容易！

男人说：挣钱就是为了花，有挣有花才是光景，才是道理。光挣不花还有什么意思呀！光挣不花咱家里就没了变化，没了发展，就是一潭死水。有你在，咱就是一个团圆的家。我回来很温暖，出门挺踏实，所以咱那钱该花，花得值得！

男人话一停，那只蟋蟀又很响亮地叫起来，又和唱曲儿似的。

女人说：老汉，你这一讲我心里就透明了，亮堂得跟天上的月亮一样。我听你的话，好好治病好好吃饭，等病好了咱们好好过日子！

男人递过一条毛巾来：给，快把脸上的泪擦干净。

月亮升高了，女人带着满脸微笑睡着了。男人走到院里一声长叹，眼里的泪水喷涌而出。

秋凉了树叶黄了的时候，那条小路旁边起了一座新坟。

奇怪的是男人没哭。男人一滴泪水也没流。

男人天天早晨还在小路上散步。男人散步的时候推了一辆小拉车，车上铺了厚厚的被褥。

男人走到坟前说:来吧,上车吧,我用车拉着你遛弯!

男人说:你看这秋天多好,高粱红了,谷子黄了,瓜果香了,大枣甜了……

男人说:你说什么?调头?好,咱们调头回家。你还指挥着我做饭,咱们还熬粥,还吃小葱拌豆腐!

母　亲

○高　军

"你说,南庄里的于大娘早被称为沂蒙母亲了,你怎么就不去找找啊?"近六十岁的儿子又嘟囔开了。

母亲躺在病床上,目光浑浊,脸色蜡黄,有气无力地抬起胳膊挥了挥:"去,又咧咧开了,人家于大娘给部队上拉扯了那么多的孩子,是有功的,我算什么?"

儿子的脖子一拧:"哼,你要不是去喂那些孩子,俺哥能死?"

母亲的眼泪就开始不断线地流淌出来,晶莹的泪珠一颗颗消失在斑白的鬓角里,喉咙里也发出了低沉的哽咽声。

儿子赶紧扑过去给母亲擦泪,担心泪水淌入她的耳朵:"娘哎娘哎,俺不说了,俺不说了行不? 唉,俺不是看你病得厉害,心里着急嘛。要是上级承认你是沂蒙母亲,不就会有待遇,发点钱什么的,给你治病咱还用犯愁吗?"

渐渐地,母亲的泪水止住了,又挥了挥手:"去去去,我死不了,你让我清静一会儿吧。"

儿子的身影慢慢地退出了低矮的房门,母亲的思绪却被儿子的话引向了过去的岁月里。

作为村里的年轻媳妇,开始并没有怎么感到形势的严峻。这天村

里年轻的妇女队长找到她，说她正养着孩子，有经验，让她帮着村里把部队首长寄养在村里的孩子转移到北山藏起来。在村里是积极分子的她一口就答应了。当时估计下午就能回来的，哪想到一下被困了八天。丈夫带着他们的第一个孩子跑向了南大山里，孩子没奶吃，没糊糊喂，最后因饥饿而死。

部队上寄养在这里的孩子一共有六个，那天妇女队长和她及另外两个妇女挑着这些孩子，牵着两只刚产了小羊的黑山羊，磕磕绊绊地走在山沟里的崎岖小路上。看到山路上仰着小脸的红红的石竹花，她忍不住弯腰摘下一朵，举到嘴边亲了一下。妇女队长笑她："哎哎，怎么就像亲男人似的啊？"她们都看着她哈哈哈地笑起来，她的脸腾腾往外冒火。

过去躲鬼子，往往下午就能回来，可这次日本人疯了，在这里反复拉网，她们只好躲在山里。孩子们饿了，她们就把炒好的玉米面用水和好，慢慢地喂到孩子的嘴里，看到羊的乳房里有了奶水就赶紧挤出来给孩子们补充营养。但孩子们仍然吃不饱，常常饿得哭声不断。

晚上，孩子们都睡了，她虽浑身酸疼却怎么也睡不着，担心起自己的儿子来了。真不知道他俩现在在哪里，男人从来不管儿子的吃穿这些小事，这回看你怎么办？孩子饿了男人会喂不？也不知道儿子睡了没，吃不上奶还有不哭的？想到这里，她感到自己的胸部发胀。噢，一天没喂儿子了，奶水积满了乳房。

第二天，她们远远地眺望着，村子附近的大片地区仍然狼烟滚滚，鬼子还在发疯。

看见她坐立不安，妇女队长又拿她开涮了："才一天没见就想男人了？"其实队长哪里知道，她的胸胀得很难受。她昨晚偷着往外捏了半天，可并没有起多大作用。现在大白天了，怎好再往外捏啊？她蹙了蹙眉头，不耐烦地说："想你的头！"

她们正打着嘴官司，孩子们陆续醒来，哭声又此起彼伏了。妇女队长发愁了："本来寻思躲一天的，拿的玉米面少了，这可怎么办啊？"

另两个姑娘又在用力捏黑山羊的乳房，可是捏得干瘪了，孩子们还是不停地哭。她突然笑了一下，快步走上前去，抱起一个孩子，解开衣襟，掀起内衣，裸露出自己那鼓胀的乳房。孩子一口就含住了她的乳头，用力吸吮起来。她放下这个孩子，马上抱起另一个孩子，换到了另一侧的乳房前。终于，她长长地出了一口气，浑身轻松起来。整个过程中，另外三个人一声没出，都用敬佩的眼神看着她，等她系上衣扣，她们才走上前来，搂了搂她的肩膀。

孩子们都活着回到了村里。回到村里后，她只看到男人，却见不到自己的儿子了，她哭得眼泪一把鼻涕一把的。妇女队长很愧疚，眼泪簌簌地往下流："没想到咱们躲这么些天，这事全怨俺啊！"

她流着眼泪，宽慰妇女队长："妹子，别说了，要怨只能怨鬼子，怎么能怨到你头上！"

由于自己的孩子没有了，而她的奶水还很旺，又加上她喂这些孩子也喂出感情来了，她就经常跑到村里去给这些孩子喂奶，直到她又怀孕没有奶水为止。

多年后，附近村里的于大娘因抚养革命后代被称为沂蒙母亲到处宣传的时候，当年的妇女队长找到她，说她也是沂蒙母亲，她瘪着嘴笑起来："你又不是不知道奶胀着难受，不是那些孩子们，还不把俺胀裂了，俺怎么能和于大娘相比？"

和儿子怄气几天后，她又能起床了，身体慢慢康复了。这天吃饭时儿子又笑着说开了："你说说，于大娘早被称为沂蒙母亲了，你怎么就不去找找啊？你不找我去找了啊。"

母亲眼一瞪，扬起了巴掌："你敢！"儿子赶紧抱着头，连说不敢不敢，母亲才又笑了。

画 荷

○高 军

儿子走进门的时候,夕阳的余晖正从窗口斜射进来,照在马光脚下的地上。马光斜眼看了儿子一眼,继续挺着脊背,悬肘执笔,在宣纸上挥洒着。

马光退休以后,喜欢上了画画。但他不画别的,只画荷花。儿子走过来,看父亲笔下的写意墨荷已基本成形,几杆荷柄耸立,用力撑着整个构图。所画荷叶造型多姿多彩,好似正在左右摇曳,瑟瑟有声。上边有几朵白荷,参差错落,疏密有致。见父亲没搭理自己,儿子就凑过去指着中间的一大片空白,说道:"这个地方太空了吧?"

马光把手中的毛笔放下,嘴角露出一丝冷笑:"你就喜欢满、喜欢热闹是不是?"

妻子去世后,马光自己在乡下住着。儿子怎么劝说,他也不到城里去住。一说这个问题,马光就不给他好脸:"我不喜欢城里的喧嚣,让我在这里过我的舒心日子吧。"

"这里这么冷清。城里多热闹,生活也方便……"儿子嘟囔着。

儿子在城里已经是某个重要部门的局长了,负责着一大摊子工作。尽管在属下面前是说一不二的人物,但回到家里来,对老父亲

也只能唯唯诺诺。

儿子掏出烟递向父亲，马光抬眼一看，是软中华。他伸手一挡，摸起自己的旱烟袋来，装上自己种的老旱烟："我还是吃这个舒心。"然后就"吧嗒吧嗒"地吸起来。

儿子沉默了一会儿，才又提起话头："爸，你看，我也忙得不得了。你住在这里总让人不放心，搬过去也好相互照应。这回我另弄了套房子，离我住的地方很近，马上装修好了。你准备一下，最近搬过去吧。"

马光心里一沉："你们刚换了房子，还打算让妞妞到国外上大学。白花这几十万，我不住。我也住不安心，会睡不好觉的。"

儿子很失望的样子，闭上嘴，不说话了。

马光接着说："上次你拿回来的茅台酒，这次也拿回去。我喝不惯这么贵的东西，你就别这个样子了。"

看儿子还是不说话，马光磕磕烟袋锅，又提起笔画画去了。他在刚才正画着的画的底部补上几块层石，点上几笔苔。然后站在那里，再次审视着整个画面。手中举着毛笔，不住地颔首。

看到父亲有些得意的神情，儿子又走了过来。

马光指着那片空白说："这个地方这样处理，好像显得上重下轻。其实好好体会一下，这正是一派烟波茫茫的荷塘，这样画来才更有意境啊。"

儿子并不懂，只是频频点头。

马光拿着毛笔的手晃了晃："你当局长也一年多了，往往是回来看看我就急着走了。工作忙，没有多少时间和我说话啊。今天咱爷儿俩什么也别干，我现在就教你画荷吧。回去有空就练练，坚持下去，受益匪浅。"

儿子看父亲脸色严肃，只好铺开一张宣纸，拿起笔站在父亲身

边。

马光一边示范一边教他点皴法、勾线法画花瓣和花苞的方法，以及画莲蓬的方法。他学得很认真，不长时间就掌握了基本笔法和墨法，能画出大致的模样了。

突然，儿子的手机惊人地响起来。儿子搁下笔，把手机扣到耳朵上，向一边走去。马光刚开始好似听到一个娇滴滴女人的声音，随着儿子走远，就听不到了。他冷冷地盯着儿子。儿子感到了父亲目光的冷峻，匆匆说几句就挂断了。儿子走回来，心思明显地游移起来，想要走的样子。

马光没容儿子开口，用手中黑黑的毛笔尖儿点一下，直截了当地说："学完画荷叶和荷柄你再走，用不了多长时间的。"

儿子只好再次拿起笔来，跟着父亲饱蘸墨水，学着从边缘向中心画去，泼墨荷叶画出后，最后就是画荷柄了。

马光说："你还得好好体会用笔方法。叶子不能横抹乱涂，应该按叶脉的分布规律来画。"

看到儿子点了点头，马光郑重地说："我理解，要画好荷，最关键的是画好叶柄。叶柄在整幅画中起着重要的支撑作用，整幅画的精神也全靠它来体现。必须画得直而不僵、曲而不弱才行。古人说中通外直，这就是最本质的特点。里面通，尽管看不到，但外边的直一定要体现出里面的通来。也只有里面通了，外面才能真正直起来。"

说完，马光在自己面前的画稿上以浓墨拉出了两秆荷柄，一个是小叶柄，一个是花柄。爽利劲挺，力透纸背，洒脱正气，出污泥而不染，给人以强烈的视觉冲击和心灵震撼。

儿子笔下的荷柄，则软弱无力，了无精神。看着自己的作品，儿子头上慢慢升腾起一股热气，汗水顺着脸颊流下来。马光看着儿子，语调深沉地说道："中通外直，中通外直。好好体会，理解透彻，

就能画好了。"

父子俩谁也不再说话。

"那房子咱不住了。"良久，儿子把软中华烟在手中攥瘪了，使劲向远处扔去的同时，冒出这么一句无头无尾的话，然后就脚步囊囊地走了。

画　菊

○高　军

　　赵县长一回到家中就来到画案前，在一张宣纸上勾勒点染起来。家人都熟悉了他的习惯，也就不再劝他什么。等他画完一幅菊花，坐在沙发上的时候，妻子会给他端来一杯茶。

　　在全县领导干部中，只有赵县长喜欢舞文弄墨。人们看他的眼光，有时就有些意味深长。身在官场，说不想进步那是假的。他知道，这样的爱好有时会影响仕途进步。因此除了在家中画几笔，他从不在公开场合显摆。不过，他感到一天不画画就浑身不舒服，所以也就坚持了下来。

　　当县长事情就多，有时回到家中还不等拿起画笔来就有人来拜访，他也会毫不客气地继续画他的菊花，有一搭没一搭地与来人敷衍着。他知道来家中找他的，大多不会有多少是为公事来。所以适度冷落一下，对于下一步的送客是有好处的。同时，也正好能把自己刚画好的画送给客人作为礼物。

　　这天，他刚刚在一张横幅上拉出整幅画的主枝和辅枝来，畜牧局的蒋局长就进了门。全县局级领导班子马上就要调整了，这次会提拔两名副县级干部，所以官场中弥漫着一种躁动不安的气氛。蒋局长这几年抓生态养殖很有特色，肯定对副县级的职位也是有想法的。赵县

长抬起头来,平静地打了声招呼:"来啦。"

蒋局长显得热情多了,把腋下夹的那个小包拿到手中,迅速走上前来。

赵县长不动声色地把正画着的那张宣纸拿到一边去,另换上一张方形宣纸,拿着画笔在纸的右部提顿自如地勾出了几根向上直立的花茎。墨色的菊花茎峻拔劲挺,立即显示出一股超凡脱俗之气。蒋局长站在那里,认真地盯着赵县长的手。赵县长聚精会神地看了一会儿这几秆花茎,然后用大笔头开始侧锋点画。几提几转几按,富有厚重感的菊叶就画了出来。再随意勾勒几笔,有弹性有节奏的叶筋画出后,整幅画的大体模样就出来了。

蒋局长因为不懂绘画,有些忐忑地称赞道:"很好看。"

赵县长轻微地笑笑,另拿起一支羊毫毛笔先蘸点清水,然后蘸点白色颜料点画出一个个菊花花瓣,接着用墨色在白色未干之时勾勒一下花瓣,色调与线条互相渗透,很快融为一体,韵味就溢出纸面来了。

蒋局长赶紧又称赞道:"真好,真好,太像了。"

赵县长任他随意说,并不搭理他。画面左边还有一大块空白,赵县长盯着那个地方,沉思着。过了半天,才蘸点淡墨开始快速皴擦,接着几笔勾勒,一块挺拔的山石就矗立在画面中了。

蒋局长看到这里,感到有一股超凡脱俗、清逸豪迈的夺目之气迎面而来,好像不由自主地被逼退了一步,身上竟然冒出一层细汗来。

赵县长径自对着画面微微额了额首,开始提笔题款。

蒋局长看到赵县长的笔触又伸向画面,赶紧向前一步,随即小声念出来:"高情守幽贞,大节凛介刚。"

赵县长抬头轻轻看他一眼,就又低下头题上时间和名字,然后慢慢钤印章。

在这期间,赵县长听到蒋局长又念叨了几遍这两句题诗。因为作

品已经完成，他身心放松下来，就接过话头和蒋局长交谈起来："这是南宋诗人陆游的两句诗，前两句是'纷纷零落中，见此数枝黄'。是陆游写菊花的一首著名诗篇。陆游生活的时代，社会凋敝，内外交困，腐败现象比比皆是。但陆游能够洁身自好，以菊花的品性养其性情，坚其意志。呵呵，我佩服陆游这种顽强、凛然，所以喜欢随意涂鸦几笔。只是我不爱画黄色的菊花，所以就画成白菊了。"

赵县长看到蒋局长把拿在手中的包又夹回了腋下，这才来到沙发前，指着另一个沙发："来，咱们坐下说话。"

"我该回了。赵县长，您也休息吧。"蒋局长神情轻松起来，转身要走。

"也好，"赵县长走到画案前，把自己刚完成的那幅画折叠起来，"我信笔涂抹的，送给你了。天不早了，一路走好。"

赵县长轻轻啜了一口妻子端来的茶，浑身彻底放松了下来……

漏

○周　波

去说了吗？她问。

还没。李四说。

干吗不去说？

让我想想嘛。

想啥？家里都漏成这样了！不就是个局长吗？会吃了你不成？

唉！怎么摊上这种倒霉事？李四耷拉着脑袋只得出门。

李四住二楼，局长家在三楼。平时去局长家李四腾腾几下就到门口了，可今天腿像灌了铅似的。

该怎么和局长说呢？难道说房顶漏水了是楼上局长的责任，行吗？可老婆的话也对呀，家里屋顶漏水了，不找楼上的难道去找楼下的？那可是自己刚装修的新居哟！要是别人早就赔上几万元的钱了。在门口，李四不停地手起手落却不敢敲门。

这么快下来了？去说了吗？她问。

没。李四答。

你还是个男人吗？家里漏水了你也不敢去说说。她端着大大小小的脸盆，一边往地上摆放一边责怪他。

楼上住的是俺局长呢。李四双手捧着脑袋轻声说。

楼上住着局长,楼下百姓都活不成了?再去说,这回不说你别想进这个家门。她很恼火,手里原本盛水用的一只塑料面盆重重地飞了出去。

李四只得又出门,他想好了,大不了让局长难看,家门不能进那事就大了。他腾腾地两步并作一步跨上楼梯,脚步很果断。

局长家里传出笑声,好像有客人?李四的勇气霎时被浇灭。

这时候进去显然不太合适,局长可能在谈工作呢,要不再等等。他想。

客人很快走了,局长开门时,李四躲到了四楼楼梯的转弯处。

放心吧,只是这东西?局长在门口说。

一点土特产,小意思。客人边说边笑下了楼。

是呀,局长家可以随便去的吗?我得送点东西才对。李四想。

惊魂不定的李四于是回了家。

去说了吗?她问。

来拿钱。李四说。

拿钱做啥?她又问。

你不懂的。他朝她一笑。

李四骑着自行车去商场。买些啥东西好呢?他猜局长家烟酒肯定很多,就想给局长的老婆买点东西。可一想觉得不对劲,又不是托局长去办事,无非是想进去说说屋顶漏水的事嘛。李四于是去对面的水果店里拎了一大包水果出来。一路上他直夸自己聪明,如此既省钱又安心。

李四来了呀,快坐快坐。局长打开门笑迎着说。

不坐了。李四微笑着说。

有事吗?局长关切地问。

没啥事,朋友送来水果,我拿点上来。李四说。

这么客气做啥，家里水果都烂了呢。局长哈哈笑着。

局长的笑脸让李四感到开心，他吹着口哨下了楼。

说了吗？她问。

说啥？李四愣愣地看着老婆。

漏水的事呀！她疑惑地看着他。

是呀，我怎么把漏水的事忘了呢？我给局长买了点水果送去。李四低着头说。

好你个李四，不去评理还送人家水果！你把这个家搁哪儿去了？你没看见家里漏成啥样了吗？她大叫起来。

咱们再检查一下是不是楼上的责任吧。李四说。

是又怎样，不是又怎样。怎么有你这种无能的老公，我去楼上说。她大声地叫着。

她气冲冲地摔门而去，腾腾几下就跑到了局长家门口。她举起手想按门铃，可伸出去的手这会儿不知怎地停住了。

老公说得对，进去说啥呢？她想。

争吵肯定不行的，人家又不知道漏水的事，更不是故意的。再说，平时一栋楼内低头不见抬头见，还是楼上楼下，更要保持好的邻里关系。当然更重要的还是因为楼上住着的是老公领导，每天拼死拼活做事还不是想混个脸？如果为了漏水的事改变了两家关系，改变了对老公的印象，是不是有点划不来。局长对自己家还算照顾的，前几天还帮忙解决了儿子读书择校的事。

她局促不安地站在门外，一脸的无奈。

哟，小黄在门外做啥？局长家的门突然打开，局长夫人面带笑容地问。

我……我在看电表，家里停电了。她很紧张。

这不是转得好好的吗？

是呀,现在好了。

你家李四真客气,刚才还送了水果上来,我家老张一直在夸他呢。

应该的,局长这么关心他,他当然要记得局长。她脸上带着笑,心里却恨死了李四。

…………

去说了吗? 李四见老婆开门进来问。

说啥? 她说。

漏水的事呀! 他疑惑地看着老婆。

没说。她苦笑着说。

那你干吗去了? 这么长时间。李四问。

我去了商场。她说。

也去买水果? 李四好奇地问。

想买一个更大的塑料盆回来盛水,商场关门了,我明天再去。

最珍贵的照片

○周　波

[场景一]

地点：医院妇产科病房

"这是我女儿?"他激动地从护士怀中接过襁褓中啼哭着的婴儿。

"当然是你的亲生女儿。"妻子靠在床头疲惫地露着笑脸说。

"让爸爸亲亲!"他湿润着眼睛把脸轻轻地贴在软绵绵的襁褓上……

[场景二]

地点：滨海公园

"爸爸,我要买风筝,我要买最大的那个。"三岁的女儿跌跌撞撞地跑向花花绿绿的小地摊。

"别乱跑,爸爸给你买。"他拉着女儿胖嘟嘟的小手,生怕她摔跤。

女儿嘎嘎地大笑,笑得口水都流了出来。他也笑,笑得直不起身来。

后来女儿玩累了,笑眯眯地伏在他背上睡着了,父女俩晃悠悠地走在落日的灿烂中……

[场景三]

地点：学校门口

"爸爸,您看,这是我发的新书。"女儿像小鸟一样欢快地扑进他的怀里。

"亲一下。"他笑着说。

"嗯。"女儿笑眯眯的。

他俯下身去吻了一下女儿仰起的小脸。

"爸爸,我长大后要考哈佛,去周游世界。"女儿一脸憧憬地说。

"好的,好的,爸爸陪你去周游世界。"他哈哈地大笑。

"爸爸不许赖,咱们拉钩。"女儿嘻嘻地笑着伸出小手……

[场景四]

地点:办公室

"爸爸不回来吃晚饭了,爸爸要去国外出差。"他压低着声对女儿说。

"爸爸,你喉咙咋了? 我给你买药去。"

"爸爸没事,可能工作累了。"他低着声差点哭出声来。

"再过几天我就要中考了,您咋就这时候出国了呢?"女儿在电话里说。

"对不起……乖女儿。你要好好念书,听妈妈的话。"他几乎哭出声来,然后把电话挂了……

[现实中]

地点:监狱会见室

"照片带着吗?"他泪流满面地问妻子。

"带了。"她边说边从玻璃窗口中递过去。

他眼睛湿润地吻着照片,整个身子突然间颤抖起来。

她在玻璃窗外也抽泣起来。

"我不该呀!"他的拳头一下又一下地落在自己的胸口。

"我等你出来。"她流着眼泪说。

"女儿知道我在这儿吗?"

"没告诉她。都说爸爸出国还没回来。"她说。

"能拖就拖一下吧,千万别让她知道我在这里。"他又看了看照片,深情地吻了起来。

"照片你留着吧。"她说。

"啥? 不!"他赶紧把照片从窗口里递了出去。

"想女儿时看看。"她把照片移进来。

他咬着嘴唇把照片推出去。

"这可是你最喜爱的一张照片。"她疑惑地看着他。

他不吭声,摇摇手。

"还是带着吧,你在这里寂寞。"她把照片再次推给他。

他又看了看照片,眼角噙着泪水,挡回了她的手。

"你怎么了?"她问。

"还是让它在外面。"他说。

她说:"它只是照片。"

"我一个人待在监狱里就够了。"他说。

手　茧

○周　波

我回来了,全部搞定。

惊讶啥? 瞧你们的眼睛,一个个呆子似的。

你们这帮人真会使坏,居然推出我去处理上访难题,亏你们想得出来。

笑啥? 有啥好笑的?

上访者是全部散了呀! 不信你们去看。

惊讶啥?

怎么搞定的? 简单得很,可我不想告诉你。

拉我衣服作啥? 先让我压压惊,喝杯水行不?

你们全围着我干啥? 也想上访呀?

别夸我,今天幸亏我有绝招,不然真不知结局如何。

听不懂?

你小子就喜欢刨根问底,给老子点上一支烟。

抽这么好的烟! 下回群众上访来可要买差一点的。

真想知道我的绝招? 呵,告诉你们吧,我用这双手搞定的。

你臭小子别乱摸我的手,这双手可是宝贝哟!

手咋了? 先不告诉你,你们伸出来让我瞧瞧。

我就说嘛,你看你,白白胖胖的一看就知道喜欢指手画脚。你呢,细皮嫩肉的一看就是坐办公室享清福的。

告诉你们吧,我的手有茧呀。

又惊讶?你们可真没见过世面哟!

刚才可真把我吓了一跳,黑压压的一群人一下子围住了我。我不像你们专做群众工作有经验,说起来滔滔不绝。我真是服了你们,我从来不善言辞,咋会想到把我叫去呢。我不懂有关政策,再说上访群众究竟为啥事上访,我现在还蒙在鼓里呢。

我当然吃了亏,一个小年轻上来就给我一拳,奶奶的,人多没看清。唉,算我倒霉!

又笑,我被人揍有这么好笑吗?真是的!

急啥,我不正想讲下去嘛!

我想既然到了这种场合,不讲话是不行的。可还没开口说话,一位老农瞪着眼从人缝中挤出来问我是谁。我说老家在乡下,工作在城里。我咋会当着这么多人说这话呢,反正嘴里溜出来的就是这样。那位老农说叫我摊开手掌给他看,我不想伸手,怕突然挨一刀。老农强行掰开我的手掌,看了好一会儿,我开始也不知道他想做啥。结果他摸着我的手茧说:也是苦孩子!

是呀,他没问我,我也没说啥话。

骗你做啥,骗你不是人!我真的一句话也没说。后来听他们说不准备上访了,我就回办公室了。听说上访的人现在全走了。

如果说骗,那只能手茧在骗。

听不懂?真是他妈的一帮笨蛋,就知道吃喝拉撒!

你们看我的手。这双手就适合做群众工作。呵呵。

我手茧哪来的?这个有必要告诉你吗?

逼我说呀?说就说,谁怕谁呀!反正我这不上不下的年纪想进步

的概率也低了。

　　一年前咱们不是参加了县里的体检吗？医院诊断说我健康状况很不好，警告我要加强体育锻炼。我吓坏了。回家后，就开始天天坚持早跑晚练。居住的新小区还真不错，像专为我配置似的，各式各样的体育器材不少，以前我是眼不见为净，打从医院出来，我可是把它们当宝贝使用了。每天除了散步，还练单杠、双杠、吊环。锻炼后还真行，再也没得过感冒发热之类的病，现在是神清气爽哟。

　　这和手茧当然有关系，废话，不锻炼我会有手茧吗？你看我手掌全被磨出了茧，脱过好几次皮了呢。我老婆说，过去我女人一样的手，现在变成农民的手了。

　　笑啥？难道还是你们这样病态的没手茧的手好？我看你们以后都得去锻炼，现在还来得及。我就是凭这双有茧的手把事情摆平了。

　　你们可别把这事说出去，下回也许还有大用途呢。

　　喂，我是。

　　噢，是局长呀？是的，我刚回来。

　　好的，我马上去你办公室汇报。

父亲的怀抱

○巩高峰

似乎从一生下来我就是专门跟父亲作对的。这话听着让人心酸，可事实的确如此。

母亲说我和父亲的对立早在我刚出生时就开始了。落地才三天，我就有了自己的意愿，就是不愿意让父亲抱。别人抱着好好的，只要父亲伸手接过我，我马上就会号啕大哭，常常哭得涨紫着脸上气不接下气。为此，从我有记忆开始父亲几乎就没抱过我。

我八个月时，正值隆冬，全家都躺在一个大土炕上睡，这样既节省柴火又能相互取暖。这在我们那儿是很普遍的景象了，我却不乐意，而且特别不乐意睡在父亲旁边。我一次又一次爬到母亲的另一侧，以达到远离父亲的目的。这惹火了父亲，父亲很没风度地跟我较上了劲，而且他只要一把就能把我半天的努力扯回来。我坚持不懈地表达着我的意愿，直到父亲一巴掌在我屁股上扇出五个指印。这一巴掌让一直不和的奶奶和母亲难得地站到了一边，和父亲大吵起来。

据说后来我还是独自一个人爬到了一边，在炕角冻了半夜后被奶奶抱入怀中。

后来我有了个弟弟，这个弟弟实在是听话、憨厚得让我嫉妒。父亲什么时候抱他他都嘿嘿直乐，连母亲给他喂奶他都没这么高兴。弟

弟慢慢大了,他的乖巧顺从让他成了父亲的心肝宝贝。父亲用胡子扎得弟弟乐得快岔了气就成了我们家最温馨的一幕。我则和几个姐姐一样,躲到父母眼光之外的角落里。我不像姐姐们那样黯然神伤,我向来就是站在父亲的对面的,我不会因为弟弟吃醋。

于是我成了家里的怪人,其实我一直就是个怪人。我既不像姐姐们那样逆来顺受言听计从,也不像弟弟憨实忠诚,让父亲万般疼爱。一点也不意外,我成了父亲的撒气筒。我仔细分析过,几个姐姐是女孩子,当然是不能打的,但父亲总不至于打他的心肝宝贝吧。那就打我好了,我从不意外父亲容易对我动怒。从此,我的记忆里充斥着父亲歪曲的怒脸。三天一小打五天一大揍,我的童年全是跟父亲一次又一次的对峙。

我从来不在父亲面前哭,特别是在父亲揍我的时候。有时父亲都打急了,失去了兴趣和耐心,我却一如平时,面无表情心若止水。看着我红肿的脸紫黑的耳朵,母亲会求我,你哭几声,求个饶,要不你就跑,一顿打不就躲过去了吗?

我从来不那样做。哭?求饶?跑?那我不是败了吗?主动求败我还跟他对立个什么劲儿?于是,我和父亲进入了漫长而残酷的拉锯战。父亲对我三五天一次的暴揍就成了家常便饭,就像家里的一日三餐一样,枯燥却不可缺少。

想来我也足够顽皮,我似乎总是能制造出让父亲动手的理由。新裤子总是当天就撕破了裆,新鞋总是没几天就开了口,邻居还时不时为玻璃碎片找上门,那个爱骂街的村妇总是跑到我家门口有目的地蹦跳着。我愿意跟母亲解释,因为我讨厌新衣服新鞋子,那让人太不自在。我讨厌老是指桑骂槐针对我奶奶的邻居,我讨厌处处爱占便宜的那个村妇。但面对父亲的愤怒,我则紧闭着嘴,一言不发。暴风骤雨般的打骂对我而言早自然成习惯了,父亲总有打累骂累的时候,我却

总能平静地坚持到纷争的结束。

后来我上学了，从此进入一个新鲜陌生的世界。我喜欢老师的博学多才，喜欢同学的你追我赶，喜欢永远也散不尽墨香的课本，喜欢每天和家里以外的人待在一起。因为上学，我和父亲的对立少了，少多了。慢慢地，我对父亲的暴打甚至怀念起来。不过父亲对我的注意也少多了，他要为全家的生活和我们姐弟五个的学费忙活着，整日不沾家。

我终于发现我对弟弟渐渐涌起了醋意，虽然我不承认，但事实确实是。因为只要父亲一回来，哪怕满身风尘，哪怕累得要母亲帮忙才迈得进门槛，他都会一把抱起弟弟，把弟弟啃出憋气的笑声。只是弟弟在学校里不够那么讨人喜欢，他似乎并不喜欢上学，每次的成绩单都是红灯高挂。于是我别有用心地把我的成绩单放在弟弟的上面。父亲果然眼前一亮，疑惑道，你都读四年级啦？

夏夜，全家在门口纳凉。半夜，忽然落雨了，父亲一把抱起弟弟，几个姐姐大呼小叫着往屋里搬床。母亲叫我起来，我装作听不见，用眼偷偷打量急切地抱着弟弟的父亲。雨点打在身上有点疼，但我犯着犟。在母亲来拧我的手刚要触到我耳朵的时候，父亲回来了。父亲一把推开了母亲，俯身把我抱了起来。恍惚中，我听到了父亲有些吃力的喘息，闻到了陌生而好闻的烟草味，只是那味道有些呛人。

腾空而起后，我终于体会到了老师一再逼迫我们练熟的那首歌的感觉——月亮在白莲花般的云朵里穿行……

伤心的端午

○巩高峰

那个端午节到来的那天,小燕说想吃鸡蛋。

小燕幸好是我妹妹,要不我准揍她。母亲带回的榆树叶都越来越少了,小燕竟然说她想吃鸡蛋。母亲笑着说,小燕这是发烧烧糊涂了,吃点东西就好了。

通常母亲说完这句话还会说些别的,比如,小力你要有哥哥的样子,有什么吃的要先尽着妹妹啊。但是那天母亲没往下说,端午节和鸡蛋显然让母亲想多了。一大早母亲就出了门,找吃的越来越难,母亲只能学屋梁上的燕子,早出晚归。

母亲一走,小燕就把一天的窝头都吃了,连我那半拉也没留,还说饿。没办法,我只有拿燕子窝转移小燕的注意力。我家两间低矮的小屋有五个燕子窝,这在全村都是个稀罕事儿。谁家屋梁上有燕窝、有几个燕窝,那是向阳门第的标志,代表很多东西的。最起码,一年一个燕窝让母亲觉得脸上有光,长面子。于是我宝贝似的守护着,谁也不能靠近半步。

哥,我想吃鸡蛋。

又来了,看来燕子窝也吸引不了小燕。我正挠头呢,嘭嘭的敲门声救了我。是建设建康兄弟,看样子他俩倒一点也没饿着,还有力气

满村跑满世界闹。队长的儿子嘛,听说队长家还有玉米面窝头吃,而别人家早就开始吃红薯秧子磨的白干面了。在村里建设兄弟是出了名的蛮横,不过他们却不敢欺负我,相反,他们对我甚至有些讨好。倒也不为别的,我家屋梁上有五个燕子窝,而他们家没有,一个也没有。村里别人家的燕窝都看过了,他们甚至还动手掏掉一个移到了他们家的屋梁上。只有我家的燕窝建设兄弟没凑近看过,一次也没。五个燕窝错落在三栋屋梁上面的奇观,建设兄弟只能站在地上眼馋,我一直护着梯子,不准看。

建设和建康使过不少办法来招揽燕子,他们甚至不惜掰碎连人都吃不上的玉米面窝头来引,但燕子就是不进他家的门。这两个木头娃,竟然不知道燕子是不吃窝头的,燕子吃虫,特别是害虫。

燕子生了俩蛋,在孵小燕子呢,生人看了明年燕子就不来了。再说,你俩老拿吃的逗小燕,让她叫了一百声大哥一百声二哥也没给她一口,你们别以为我不知道。

我叉着腰站在梯子前,义正辞严。

见这次还是没戏,建设一把从怀里拽了个小彩网出来。彩网是五色头绳编的,里面网着个鸡蛋。你家有鸡蛋吗?端午节挂着,能避邪。

小燕的眼睛一亮,把手指塞进了嘴里。我知道小燕要淌口水了,便眉毛一横,指着院门上的艾草说,咱家有艾草,什么鬼怪都能避掉了。再说屋梁上还有燕子窝,家里有燕子是不招灾不招邪的。

这一招失灵了。建设兄弟怏怏地对望一眼,心有不甘,有几个破燕窝有什么了不起,你家有鸡蛋吃吗?建设找到了突破点,把头扭向了小燕。

小燕,拿一个鸡蛋给你,让我们看一看燕子孵蛋,愿意不愿意?反正这家又不是小力一个人的。

小燕看了我一下,用手拽我衣襟,咽了口唾沫。我一瞪眼,不行!

哥,我饿了。

刚才不是给你吃了半拉白干面窝头?我那份你也吃了。

我想吃鸡蛋!小燕撇撇嘴,好大委屈。

建设兄弟趁火打劫似的,把彩网一扯,从里面掏出鸡蛋,使劲一碰,唱道:过端午,碰鸡蛋,一碰碰出万两饭。小燕,愿意的话,给你剥鸡蛋壳啦。

看小燕要哭了,我推推搡搡把建设兄弟推到门外,哐当一声关了院门。

鸡蛋有什么好吃的,咬到嘴里跟木渣似的,对吧。小燕已经开始哭了,我得哄,不然她能哭到母亲回来。

就好吃就好吃,不好吃他们吧唧嘴干吗?你过年吃猪耳朵才吧唧嘴呢。小燕边哭边往门边跑,反正这家又不是你一个人的,我去开门。

我探头一看,建设兄弟没走,隔着门缝往里看呢,嘴里小心地转圈啮着鸡蛋,咀嚼声却夸张地响。我急了,一把把小燕拽了回来,那,咱吃燕子蛋好吧?

话说出来我自己也吓了一跳,小燕却把哭闹戛然止住了,抬头看着燕窝,有些发愣。

咬了咬牙,我继续哄,燕子蛋跟鸡蛋一个味儿,就是小点儿。

小燕眼里有了些神往,赶紧把梯子挪了过来。我迟疑着,一步一步把梯子踩得嘎嘎响。觅食的燕子没回来,孵蛋的燕子被惊吓了,却不肯飞走,在屋里低飞着盘旋着哀鸣。小燕千呼万唤了半天,我才下来。两个蛋,白生生的,上面有些褐色小点儿。

端午节,吃蛋喽!小燕小声地叫着,不住地往锅底塞着柴火。我握着两枚燕子蛋,滚烫滚烫的,不知是燕子的体温还是被我焐的。

两枚燕子蛋安静地躺在锅里,我惊恐地看着,我不知道我在干什么。小燕看了看锅又看了看我,小声说,哥,别怕,等妈回来了就说是

燕子自己把蛋碰下来的,咱把壳留着。

我看着小燕把两个蛋拿了起来,往我手里塞了一个。小燕用自己那个小心地碰了碰我这个,轻声唱道:过端午,碰鸡蛋,一碰碰出万两饭。

燕子蛋皮很薄,一碰就破了,温热的水顺着手流了出来,我感觉出一种滚烫。接着,两个粉色的小肉团跟着滑出蛋壳一截,是两个小燕子,大大鼓鼓的眼睛还没睁开。

愣了片刻,我哇地放声大哭起来。接着,我听到小燕的哭声更凄厉。

少年的唾沫

○巩高峰

那是一个无聊的夏天，我们一群少年对着悠长的暑假没了主张。我们当中最大的是石头，十五，最小的猫蛋九岁，整天拖着要过河未过河的鼻涕死皮赖脸跟着我们。我们都认为自己大了，不该再对上山逮兔下河摸鱼那些游戏感兴趣。

见想不出好玩的法子来，狗蛋一拳把身旁的竹子打出簌簌的声音。狗蛋着急是有理由的，他和弟弟猫蛋过了这个暑假就要下学了，下学了就是从此要像大人那样，上山砍柴下地种菜。

咱上山砍竹去呀，卖了留着开学时交学费。

石头到底是老大，这句话无异于石破天惊。是的，砍竹是大人的活，适合我们干，还能挣钱，多棒的主意啊！狗蛋又打了竹子一拳，这下竹子也发出快活的"哎哟"了。

砍竹要去五里外的风山山顶，那儿的竹子竹节长，质地好，相同的长度是山下竹子的两倍价钱。大伙磨好砍刀带上绳子到五里外的风山脚下汇合时，太阳已经一竿子高了。这时节砍竹子已经不再盛行，所以山间的竹滑道让两旁的杂草遮掩得有些模糊。到风山顶要两个钟头，所以一到山脚下我们就嗷嗷叫着往上冲，以往撵兔子我们就是这么喊的，刺激和快活夹杂在其中。

山顶上最好的竹子早被大人们砍完了，我们只好在次等竹里挑，长、直、青是首选。没多会儿，大伙各自挑中目标，叮叮当当砍了起来。日上当头时，大部分的竹子都躺下了，只消削掉杂枝繁叶，绳子一拴，往滑道里一顺，就下山等着往家里拖吧。

只有狗蛋还在砍，狗蛋太贪了，他挑了一株大号的，所以我们都坐下时他还在挥汗如雨。

我们的竹子都下滑道了，狗蛋的竹子才刚刚歪歪斜斜地要倒。没谁愿意去帮他，想比别人强的人总会有这样的待遇，于是大伙都脱了褂子擦汗扇风看着狗蛋砍。

可狗蛋比竹子先倒了。狗蛋铁青着脸，嘴唇比纸还白。猫蛋尖着嗓子叫，狗蛋渴晕了！猫蛋从不管狗蛋喊哥，可关键时刻血浓于水的古话又一次应验了，猫蛋的泪水要是聚起来，是能救醒狗蛋的。

石头喃喃道，怎么没想起来带水呢。是啊，怎么没想起来带水呢。不过我想大伙是一样的看法，山上该有泉水的呀。可周围找了，的确没有泉水，甚至连个水坑都没有。大伙都慌了，只有猫蛋凄厉无比地叫着，狗蛋、狗蛋。

唾沫！还是石头，关键时候石头总是能拿出主意来。于是由猫蛋开始，大家轮流给狗蛋喂唾沫。也不知轮到了第几圈，狗蛋终于悠悠地叹了一口气，醒了过来。

那是我们离死亡最近的暑假，所以刻骨铭心。那天下山后我们都没要竹子，而是多余地七手八脚地扶着，一直把狗蛋送到家。那个暑假后，狗蛋下学了，猫蛋继续上学，因为猫蛋的成绩一直比狗蛋好。狗蛋爹管自己的这一选择叫舍卒保车。可就是从那开始，狗蛋和我们似乎就不是一路人了。什么时候碰面，狗蛋都一脸绯红，躲闪着，像做错了什么事。开学后我们就更少见着狗蛋的身影了，上学的路和上山下地的路是两个方向。可狗蛋绯红的脸总在我们心里挥之不去。在今

天看来，用唾沫救人无疑是闪着智慧的行为，可在狗蛋的眼里，就是见不得人的羞耻。

多年后，我们长了胡须突了喉结，大家升学的升学参军的参军经商的经商，再难有机会像当年一样百无聊赖地商量着怎么打发时间了。可逢年过节，回家的习惯还在。尽管总也凑不齐，可喝酒聚会总少不了的。不过狗蛋从不参加我们的聚会，这么多年了，他一如当初，见了我们就一脸绯红。狗蛋结婚最早，如今儿子都上小学了，而我们大多数都还在苦苦寻找着自己的爱情。

今年猫蛋考上大学了。这个当年老央求着要我们带他玩的鼻涕虫如今也考上大学了，让人不能不唏嘘感叹时光的飞逝。过年时猫蛋请大伙喝酒。猫蛋一直有这么个想法，只是如今他才有了资格和机会实现。狗蛋被猫蛋安排在了东家的位子上。很奇怪，狗蛋像是突然换了个人，热情异常，频频用各种借口给我们灌酒。气氛到了，狗蛋甚至神情自然地提到了那个夏天，那个暑假。在我们一浪高过一浪的笑声里，唾沫成了频率最高的词。

爸爸，你们老说我干啥呢？

狗蛋的儿子突然从里屋出来了，手里握着铅笔，一脸的愕然，相貌跟当初的狗蛋简直是一个模子里刻出来的。

哦，这是我儿子，小名叫唾沫。狗蛋一脸欣慰地笑，这下轮到我们愕然了。

狼

○刘立勤

公狼和母狼是第三天相见的时候，双双掉进了猎人的陷阱里。

三天前，母狼躲在山洞里，任凭一双儿女把她的乳头揪得生疼，揪出的汩汩的血汁流进嗷嗷狼崽的嘴里时，公狼回来了。公狼的脚步声显得疲惫又无奈，狼崽听见了，似乎听到了上帝的福音，"嗷"的一声扑了上来，在公狼的身边撒着欢儿。公狼只好低下头，羞愧和悔恨滚落在草地上，草地上就生出一朵红艳艳的花。

红艳艳的花转瞬被狼崽不满的声音砸碎了，公狼只好抬起了头，公狼从母狼的眼里读出了一份悲凉。公狼侧过身，把猎人恩赐的伤口甩在母狼的眼光之外，期盼着母狼有什么不满的表示。

母狼什么也没说，说也是没有用的。环境的险恶与日俱增，林子少了，猎物少了，多起来的只是人，到处都是人，人的双眼就像一支支双管猎枪紧紧地咬着他们，始终不愿放过。经过多少风险，他们已记不清了，他们只记得身上中过七处枪伤，至今还有四颗铅弹，母狼拖着那条跛腿，伴随着他走南闯北。公狼还记得，母狼生过六胎六对孩子，如今只剩下一个月以前生下的一对了。母狼生下这对孩子后，公狼一直在替她寻找着食物，而他们母子三狼呢，只吃过公狼寻来的三只山鸡，三只瘦骨嶙峋的山鸡。五天前瘦弱的公狼出门去觅食，五天后觅

食归来的公狼更加瘦弱。公狼没有见到猎物,也没有见到同类朋友,甚至是老虎也没见过,有的除了人还是人,到处都是人,每个人的眼睛都像一支双管猎枪撵着他四处逃窜。

能逃的地方少,有猎物的地方更少,生命还得延续。母狼只好把小狼衔进狭窄的阴暗的石洞,又用石头堵好门洞。然后,她舔了舔公狼的伤口,厮跟着公狼走出了山林。

林子很小,小得四条腿都显得多余。属于自己的领地呢,也就是这四条腿,四条腿之外,就是四伏的危机。公狼和母狼走得很小心,小心地寻觅一条安全而又可以找到食物的通道。只是安全的道路上没有食物,有食物的道路上不安全。公狼和母狼在寻觅的路上走了很久很久,没有天敌老虎,也没有鹿,没有野兔,甚至连一只山鸡也没有遇上。他们知道,这些东西都被人打杀干净了,自己虽然逃脱猎人一时的追杀,谁能保证前面没有新的危险呢?

前路布满了危机,为了生存,他们仍然是别无选择。合在一起有事能关照,却少了寻找食物的机会。为了找到食物,他们分手了,分手的时候,母狼用鼻子蹭蹭公狼的面颊,显得异常的亲切,公狼黯然流下了眼泪。二十年前他征服了狼群里所有的公狼,母狼就跟着他。一起的日子,有过无数的欢乐,也历经无数的风险。今天这一别,他真的不知道是否还能有见面的日子。前路险恶,他们每走一步都要看一眼对方,他们知道,每一眼都可能是最后的一眼。

终于走出了对方的眼睛,却始终走不出自己的牵挂。牵挂给自己疲惫的身体注入了鲜活的力量,牵挂也给自己带来了许多的能量和希望,他们期盼着再次相见的日子。相见的日子,他们终于相见了,虽然没有找到一点食物,可终究还是活着。活着是多么的艰难啊。因此,他们看见对方还活着,他们表现得异乎寻常的亲热。经历的所有的危险都被这种亲切包容了。他们沉浸在相见的不易和喜悦之中。

灾难就在这喜悦之中降临了,他们跌进了猎人的陷阱。陷阱不大,只能容得他们转过身子;陷阱不是太深,他们却是怎么也逃不出来。公狼看看母狼,母狼又看看公狼,然后再看看陷阱上方的天,他们知道这次算是完了。他们没有悲哀,反而长长地吁了一口气,面对面、鼻子蹭着鼻子,进入了一种忘我的境界。他们想起了年轻时互相许下的诺言,不求同生,但求共死。他们想,自己历经了千难万险也不过是为了今天这个结局。他们互相珍视地看了一眼,眼里全是脉脉真情,在脉脉真情之中,他们等待着死亡的降临。

也许是过了很久很久,也许是很短很短,他们同时想起了藏在石洞里的孩子,求生的本能又占据整个心头。仰起头望望陷阱的四周,他们知道难以翻越。年轻时尚有可能,可惜,他们都是二十多岁的老狼了,而且五天没吃过东西,希望就这样熄灭了。为了孩子,他们的心中升起无限的悲哀,仰天长嚎,悲切凄冷的吼声被风吹得漫山遍野都是,又回荡在狭窄的陷阱中。悲哀像黑夜一样,一步步逼了上来。天黑了,所有的希望都破灭了,他们平静地依偎在一起。这时,母狼就想了一个办法,她悄悄地抬起头,发出蓝荧荧的光把公狼瞅了一遍,又瞅了一遍,似乎想把他装进自己永远的记忆中。然后伸出长长的舌头,仔细地梳理公狼的每一根毛。做完了这些,母狼看了公狼一遍,又看一遍,就把自己的脖子塞进公狼的嘴里。而公狼好似被火烫了一般,急忙后退,发出绝望的吼叫。公狼知道母狼的心思,可公狼做不出。公狼和母狼在一起生活了二十余年,二十年里他们共同分享了每一份幸福,也分享了每一份灾难。如果他们之间任何一方离开另一方,他们也许早就成了一架白骨了。因此,在公狼的心里,可以失去所有,但不能失去母狼。而母狼也深知公狼的性格,知道这次公狼不会按自己的思路去干。母狼想起嗷嗷待哺的孩子,便一头撞向陷阱内的竹签。

公狼带着一嘴的血毛离开陷阱,匆匆地赶到他们隐藏孩子的山

洞。公狼发现他们的孩子只有一个了，另一个已变成一架白骨。这用不着谁教，这是兽性，他还知道就是万物之灵的人也有这种兽性。公狼没有权利责备自己的孩子，就封好石洞，又来到那个陷阱边，悲凉地看了看那架白骨，然后用自己的血蹄往陷阱里填土。陷阱填平，又隆成了一个土堆，公狼终于完成了自己的杰作。公狼领着狼崽围着土堆转了一圈，又转了一圈，也洒下了一圈一圈的泪水。公狼长嗥一声，带着狼崽准备离去。这时发现猎人端着枪来了。乌黑的枪管发出蓝森森的光正瞄着自己，公狼本能地后退了一步，然后却领着小狼向猎人走去。如血的残阳中，一匹老狼领着小狼向一杆枪走去，狼显得是那样的豪迈，那样的悲壮。

红　狐

○刘立勤

后山出现红狐了。怎么会呢？人们怎么也不相信。红狐是灵物呀，许多的老人也只是听说过红狐的传说，却从来没有见过红狐。人们就想起王老爹，王老爹肯定见过。

王老爹是个老猎人了，从 12 岁时和父亲第一次进山打猎，今年已经是 72 岁了，他已经有 60 年的打猎生涯了。没有人清楚他进了多少次山，也没有人说清楚他打了多少猎物。可有一样人们是记得的，他这一辈子打了 99 只狐狸。什么动物最难对付，狐狸。山里人佩服一个猎人不是看他打了多少头黑熊、野猪什么的，而是看他打了多少只狐狸。因此，山里有这么一个习惯，谁要是打下了一只狐狸，就在他的屋后栽一棵松树，表示大家的敬意。而王老爹的屋后已经有了 99 棵松树构成的树林了，也就是说他已经打了 99 只狐狸了。那么，王老爹应该是见过红狐的了。

王老爹也没有见过。有人问，你怎么没有见过呢？王老爹说，见过了还有红狐狸吗？也是呀。有人又说，你再进山，打了那红狐狸，把屋后的树凑成整数，多么好。王老爹说，你看看这大山之中有哪个猎人屋后有 99 棵松树呢？没有吧，没有了我为什么必须要凑够 100 棵呢？听了王老爹的话，再也没有人劝他。

其实，王老爹不是没有那个想法，听说了红狐出现的消息后，狐狸的尾巴似乎已经在他的心头摩擦，似乎要擦出火了。而他，只是有些担心，他担心自己一世英名毁在那个红狐的身上。因此，当那个外乡人说出自己的条件后，狐狸的尾巴终于擦燃了王老爹心里的欲火，他决定进山了。

虽然多年没有进山了，虽然已是七十有二的高龄，背上枪，王老爹依然觉得浑身有用不完的劲。试了一下枪法，依然能够百步穿杨；跺一下脚，依然是地动山摇。王老爹充满了信心，就选择在大雪过后第一个早晨进了山。

王老爹是有经验的，雪后的早晨好寻找它们的足迹。有了足迹，何愁猎物的身影。只是狐狸最狡猾，它们最善于伪装和隐藏，不过，再狡猾的狐狸也斗不过聪明的猎人。在日头偏西的时候，王老爹终于发现了狐狸的踪迹。看着雪地里一串串诱人的脚印，他知道狐狸刚刚走过。更让他欣喜的是，他发现地上有一缕红狐独有的红色的毛发。七十多年里，他听过好多有关红狐的故事，却从来没有见过红狐。老辈人把红狐说得像神一般令人敬畏，他从来就不相信。他想，遇上红狐了绝不放过。遗憾的是自己一直没遇上，也没想到老了却遇上了。他想，最后一仗能够猎杀一只红狐，那是再好不过的事情了。这时，他又想起了外乡人，更加坚定了他扑杀这只红狐的决心。

红狐真的太狡猾，他虽然中午就发现了踪迹，可是直到晚上他也没有看见红狐的影子。他不得不在森林露宿了。那一夜，王老爹一直没睡，他一直想象着那只红狐。因此，天一亮他就发现了那只红狐，站在对面的山梁上沐浴着晨光，像一团火，更像年轻又风骚的娘儿们，温柔而又妩媚。王老爹端起枪瞄了瞄，又放下。太远了，王老爹不放空枪。况且，那个外乡人还想要一张完整的皮子。他又想，只要见了，还怕它飞了不成。

继续行走的路十分的艰难，红狐把他领到了一个完全陌生的世

界,除了树林,就是雪原,以前好像从来都没有来过。好在时隐时现的红狐给了他无限的希望和力量,他继续努力地追赶着。

三天过后,王老爹发现自己迷路了。这是从来都没有的事情,一辈子打猎经历了太多的危险,却从来没有迷过路。王老爹有了一丝恐惧,他不在乎自己的性命,他害怕毁了自己一世的英名。这时,王老爹又想起来前辈猎人讲过的红狐的故事,讲红狐的狡猾,也讲红狐的善良。他按照前辈猎人的办法,退了火引,塞住枪口,祈祷山神保佑,他想放弃这次狩猎。这么想着,他又看见了那只红狐。难道红狐真的那么神奇,难道红狐是来给他带路的。他不知道,他也只有跟着红狐走。他知道,红狐是他最后的希望了。

走呀走,毕竟不年轻了,年轻时他一个人曾经在山林里奔走过七天,而今三天他已经感到十分疲乏了。好多的想法也是有心无力了,只有一步一步跟着红狐向前走。走啊走,走啊走,从早晨走到中午,又从中午走到黄昏,实在是走不动了,红狐也停了下来。他想休息一会儿。坐下来,借助夕阳的余晖看了看四周,他发现已经到了自己熟悉的地界,五百米之外就是一条回家的路。回头看看那只红狐,疲惫地坐在那里口吐白气。四天里,自己好歹还吃了干粮,红狐一直被自己追赶,吃了什么呢? 看看红狐,他心里有了一丝感激。感激还没有退却,他想起屋后那 99 棵松树,也想起了那个外乡人,心里的火倏地燃烧起来。他偷偷地安上火引,偷偷地拔掉枪口上的塞子,忽然掉转枪口对准红狐,"砰"的一枪。毕竟是老了,只见红光一闪,红狐竟然一瘸一拐地跑了。红狐受伤了。心里的希望之火从未有过的热烈起来,僵硬的双腿充满活力,王老爹飞快地冲进茫茫的雪原之中。

又是三天,人们在王老爹家的松林里发现了他,他已经死了。他死了,那片松林一夜之间也死了。而那红狐呢,却经常在村前村后的山梁出没,悠闲而自在。

水鬼江老大

○刘立勤

江老大喜欢打鱼。那时候旬河的水大,鱼也多,河岸上的人,农闲了划着小船撒网网鱼,或者用渔叉叉鱼,都会有不少的收获。而江老大仗着水性好,总是空手下河,赤身入水,片刻就见一条又一条的大鱼快乐地飞落在岸边的草窝里。

江老大还喜欢捉鳖。鳖生得比鱼笨,可鳖比鱼狡猾。鱼可以钓,可以用网子捞,网鳖不行,钓鳖也难。鳖必须用叉子叉。而江老大捉鳖不用叉,而是用草鞋。他看见鳖在河里游玩的时候,慢悠悠地脱下脚上的草鞋,拴一截麻绳,在草鞋里放一块小石头,然后把草鞋抛进水里。片刻工夫,他拉动麻绳,那鳖就抱着麻绳高高兴兴出了水。

江老大还会闭气功。闭气功是什么?闭气功就是在水里可以不用换气。江老大可以待一炷香的时间,我是亲眼见过的。

记得那是一个夕阳西下的时刻,我们一边在旬河大桥上享受清凉,一边听大人讲解江老大的传奇故事。这时,公社的武装部长背着一支枪来了。武装部长是个不服人的主儿,当他听说江老大有闭气功以后,"喀嚓"一声,随手从背上的枪膛里退出一粒子弹,顺手丢进桥下的深潭里。说,江老大,你不是有闭气功吗,你有本事下去把这颗子弹找回来。武装部长真不是一个省油的灯,那么大的潭,水又那么深,

不用说是子弹，就是把枪丢进去，江老大也不一定找得回来。我们都怨恨武装部长太刻薄，可江老大也不搭话，纵身一跃就跳进了桥下的深潭。

那潭有多大呀，比我们半个镇子都要大；水有多深呢，大人们也说不出来。不过那里真是一个危险的地方，每年都有想不开事情的女人在那里寻死，一去一个准儿。所以，我们小孩子很少到那里去玩，嫌那里晦气，更嫌那里危险。那么一个晦气又危险的地方，谁知道江老大还会不会出来呢？

一炷香都烧完了，江老大还不见出来，人们都慌了，武装部长也急得直冒汗。大人们冲着深潭喊了几声，急忙忙活起来。水性好的就跳进深潭寻找江老大，水性不好的就驾着船到潭的出水口计划捞尸。江老大家里已经传出了哭声。也就在这时，江老大跃出了水面，他不仅嘴里含着那枚金光闪亮的子弹，怀里还抱着一条扁担长的大鱼，真是稀奇得不得了。人们赞叹之余，就骂他是水鬼。

江老大有了这么大的本领，自然靠他的本领过起了好日子。一条鱼可以换一升包谷，一只鳖也能换一斤油，多余的鱼鳖还能换来更多急需的东西。

不过，那时候的鱼鳖水产不怎么受欢迎，他也就是满足自己的口腹之欲。江老大发财的时候，就是上游下暴雨涨洪水的时候。上游下暴雨涨洪水了，就会有房子被冲、牲口圈舍被毁，洪水携带着檩条椽子家具器皿以及猪呀羊呀顺路而下，江老大就成了浪里白条张顺，驾着木筏在浪里翻滚，十分洒脱。一时三刻，岸边就有了盖房子的檩条椽子，也有了装粮食的柜子吃饭的桌子，羊圈猪圈也有了别人养得快肥了的猪羊。留足自己用的，剩下的都换了钱。有了钱什么都有了，江老大的日子美得不得了。江老大的钱来得虽然不怎么那个，可终究是凭他的本事，人们倒也蛮敬重他。

可是,后来的一件事,人们都看不起他了。

事情依然是发生在上游下暴雨发洪水的时候。那水真大,大水不仅冲毁了上游的土地,冲毁了房子、猪羊的圈舍,洪水还卷走了人。江老大呢,依然在水里忙活着发财。发就发吧,谁让人家有本事呢。可是,江老大硬是让钱迷住了眼睛,在洪水里遇上了人,他都不救。任凭岸上的人怎么吆喝,他都不去。待到他赶着一头牛靠岸,人们问他怎么不救人时,他说那人已经死了。死了?死了也是人呀,也应该捞起来呀。可是他没有捞。自此,人们再也看不起江老大了,虽然他有一身的本领,可人们觉得他没有人性。他呢,不管不顾,遇上上游下暴雨发洪水的时候,依然捞檩条捞椽子,依然捞猪捞羊,就是不捞人。

于是,就有人当面骂他要遭报应。江老大依然我行我素。

后来,江老大果然遭了报应。

那一年,旬河的水太大了,河岸边好多的良田和房子被洪水冲毁了,也有人被卷进了水里。部队还派出武警协助老百姓抢救财产,救援落水人员。而江老大呢,依然在浪里翻滚捞檩条捞椽子,依然捞桌子柜子,依然捞猪捞羊。那一场洪水真的很大,虽然有武警帮助其他群众,江老大从上游捞到下游,那一天里,他还是高兴地捞了很多很多东西。不过,当他夜晚高兴地从下游赶回家时,他找不着自己的房子了。那水真的是太大了,河水竟然进了旬河镇。那水也真是奇怪,涌进镇子独独冲走江老大的家。江老大几十年在水里积攒的家业片刻就让水收回去了。待到江老大从河里回来,他的家连地皮都不见了。

后来呢,江老大竟然十分害怕旬河,每次一到河边禁不住双腿打战,接着小便失禁。再后来,江老大一家就搬到远离旬河的山顶上去了。他知道,旬河河水清澈,容不下他卑劣的行径。

隔壁的父亲

○周海亮

给父亲开门时,我正接着电话。电话是朋友打来的,约我中午小酌。我从父亲手里接过一个很大的纸箱,耳朵旁还夹着手机叽里呱啦地回着话。

父亲寻一双最旧的拖鞋换上。问我,要出去?

我说朋友约我吃午饭,不过不着急。打开纸箱,里面塞满烙得金黄的发面烧饼。

这才想起,又到了七月七。我们这里有个风俗:七月七,烙花吃。花,即发面烧饼。以前在老家,每逢这一天,心灵手巧的母亲都会烙出满锅金灿灿香喷喷的烧饼。我搬进城里住以后,母亲便会将烙烧饼的时间提前几天,然后打发父亲将烧饼送到城里。老家距城里不过两小时车程,但是,我似乎总也没有回家的时间。

和父亲喝了一会儿茶,手机再次响起。我跟父亲说,要不一起去吧?父亲一脸惊慌,说,那怎么行?我一个乡下人,怎好跟你文化圈的朋友吃饭?我说,那有什么?正好把你介绍给他们。父亲一听,更慌了,说,不去不去,那样不仅我会拘束,你的朋友们也会拘束。我说,难道你来一趟,连顿饭也不吃?父亲说,没事没事,回乡下吃,赶趟儿。我说,干脆这样,我下厨,咱俩在家里做点吃的算了,我这就打电话跟

他们说。父亲急忙阻拦我，说，做人得讲诚信，答应人家的事情，失约多不礼貌。你去吃饭，我正好回乡下——乡下好多事呢。我说，你如果不去，我也不去了。当爹的进城给儿子送烧饼，儿子却没管饭，等我回村，别人还不戳我背骂我？再说，我早就想跟你一起吃顿饭了。

费了九牛二虎之力，我终于与父亲达成协议：偷偷在那家酒店另开一个只属于我和父亲的小包间。这样，我就既能够不驳朋友面子，又能陪父亲吃一顿饭了。父亲勉强同意，路上还一个劲儿嘱咐我别点菜，就要两盘水饺，一人一盘，聊聊天，多好。到了酒店，小包间正好被安排在朋友请客的大包间的隔壁。我没敢惊动朋友，悄悄帮父亲点好菜，又对父亲说，等菜上来，你慢点吃，我去那边稍坐片刻，马上回。父亲说，那你快点儿！还有，千万别说我在隔壁啊！我笑了。父亲像刚刚进城时的我一样，拘谨。

做东的朋友一连敬酒三杯，嘴里滔滔不绝。我念着隔壁的父亲，心里有些着急，说，要不我先敬大伙儿一杯酒吧，敬完我得失陪一会儿，有点事。朋友说，还没轮到你呢！我得连敬六杯，然后逆时针转圈……又没什么事，今天咱一醉方休。我说，可是我真有事。朋友说，给一个说得过去的理由，就放你走，否则，罚你六杯。我急了，说，我爹在隔壁。满桌人全愣了。

我说，今天我爹进城给我送烧饼，我把他硬拉过来。让他过来坐，他死活不肯。现在他一个人在隔壁，我想过去陪他一会儿。

朋友们长吁短叹，说，你爹白养你这个儿子了——你这算什么？在隔壁给他弄个单号？还愣着干什么？快请他过来啊！

我说，他肯定不会过来。如果你们不想让他拘束让他难堪，就千万不要拉他过来。

朋友说，那我们现在过去敬杯酒，这不过分吧？

我拗不过他们。朋友们全体离席，奔赴隔壁。推开门，我愣住了，

房间里只剩一个埋头拖地的服务员。我问，刚才那位老人呢？服务员说，早走啦！你点的菜，也都被他退啦！不过，他打包带走一盘水饺，说想让乡下的老伴尝尝城里的水饺。

我们沉默良久，不知该说些什么。那一刻，我打定主意，下个周末一定要回家。不，以后每个月都要回家一两趟。我端起酒杯，对朋友们说，敬咱父亲一杯吧！

然而我的父亲，既不会看到，更不会知道——此时，他正坐在开往乡下的汽车上，怀里抱着一个装了城里水饺的饭盒。

一朵一朵的阳光

○周海亮

7 月的阳光直直地烘烤着男人的头颅,男人如同穿在铁钎上的垂死的蚂蚱。他穿过一条狭窄的土路,土路的尽头,有一间石头和茅草垒成的小屋。男人在小屋前站定,擦一把汗,喘一口气,轻轻拍动锈迹斑斑的门环。少顷,伴随着沉重的嘎吱声,一个光光的暗青色脑瓜出现在他的面前。

你找谁?男孩扶着斑驳的木门,打量着他——家里没有大人。

我经过这里,迷路了。男人专注地看着男孩,能不能给我一碗水?

他目送着男孩进屋,然后在门前的树墩上坐下。树墩很大,年轮清晰,中间裂开一道深深的缝隙。屋子周围卧着很多这样的无辜树墩,那是多年才能长成的大树,该有着墨绿的树冠和巨大的绿荫,却在某一天里,被斧头或者铁锯放倒。

男人把一碗水一饮而尽。那是井水,清冽甘甜,喝下去,酷热顿无。男人满足地抹抹嘴,问男孩,只你一个人吗?你娘呢?

她下地了。男孩说,她扛了锄头,那锄头比她还高;她说阳光很毒,正好可以晒死刚刚锄掉的杂草;她得走上半个小时才能到地里,她带了满满一壶水;她天黑才能回来,回来的路上她会打满一筐猪草;她回来后还得做饭,她坐在很高的凳子上往锅里贴玉米饼,她说她太累

了,站不住;吃完饭她还得喂猪,或者去园子里浇菜……除了睡觉,她一点儿空闲都没有……我想帮她做饭,可是我不会,我只能帮她烧火……今天我生病了,我没陪她下地……

你生病了吗?男人关切地问。

早晨拉肚子。不过现在好了。男孩眨眨眼睛说。

你今年多大?男人问他,7岁?

谁说7岁不能下地?男孩盯着男人,反问道,我能打满满一筐猪草呢。

男人探了探身子,想摸摸男孩青色的脑瓜。男孩机警地跳开,说,我不认识你。

你们怎么不住在村子里?男人尴尬地笑,收回手。

本来是住在村子里的,后来我爹跑了,我们就搬到山上来……娘说她在村子里抬不起头来,所有人都在背后指指点点……我爹和别人打架,把人打残了……他跑了……

你爹跑了,跟你娘有什么关系?

当然有关系,他是娘的男人啊!男孩不满地说,娘说他的罪,顶多判3年,如果他敢承担,现在,早出来了……可是他跑了。他害怕坐牢。他不要娘了,不要我了……娘说他不是男人,他不配做男人……

你认识你爹吗?

不认识。他跑的时候,我才一岁……我记不起他的模样……他长什么模样都跟我没有关系……他跑了,就不再是我爹。男孩接过男人递过来的空碗,问他,还要吗?

男人点点头,看男孩反身回屋。他很累,再一次在树墩上坐下。阳光毫无遮拦地直射下来,他似乎听到自己的皮肤发出毕毕剥剥的声响。

男人再次将一碗水喝得精光。燥热顿消,男人直觉久违的舒适从

牙齿直贯脚底——茫茫路途中，纵是一碗草屋里端出的井水，也能给人最纯粹的满足、幸福和安宁啊！

男人将空碗放上树墩。你和你娘，打算就这样过下去吗？

男孩仰起脑袋，娘说，在这里等爹……

可是他逃走了。他怕坐牢，逃走了……你和你娘都这样说……你们还能等到他吗？

不知道。男孩说，我和我娘都不知道。可是娘说我们在这里等着，就有希望。如果他真的回来，如果他回来以后连家都没有了，他肯定会继续逃，那么，这一辈子，每一天，他都会胆战心惊……

就是说你和你娘仍然在乎他？

是的。他现在不是我爹，不是娘的男人。男孩认真地说，可是如果他回来，我想我和我娘，都会原谅他的。

男人叹一口气，站起来，似乎要继续赶路。突然他顿住脚步，问男孩，你们为什么要砍掉门前这些树？

因为树挡住了房子。男孩说，娘说万一哪一天，爹知道我们住在这里，突然找回来，站在山腰，却看不到房子，那他心里会多失望！他会转身就走，再也不会回来吧？娘砍掉这些树，用了整整一个春天……

男人沉默良久。太阳静静地喷射着火焰。似乎，有生以来，男人还是头一次如此畅快地接受这样炽热的阳光。脑后火辣辣麻酥酥，痛。可是痛得爽快，痛得舒服——之前，他品尝过太多的阴冷。

他低下头，问男孩，我能再喝一碗水吗？

这一次，他随男孩进到屋子。他站在角落里，看阳光爬上灶台。

看到了吗？男孩说，灶台上，有一朵阳光。

一朵？

是的。娘这么说的。娘说阳光都是一朵一朵的，聚到一起，抱成

一团，就连成了片，就有了春天。分开，又变成一朵一朵，就有了冬天。一朵一朵的阳光聚聚分分，就像世上的人们，就像家。男孩把盛满水的碗递给男人，说，娘还说，爬上灶台的这朵阳光，某一天，也会照着我爹的脸呢。

男人喝光第三碗水。他蹲下来，细细打量男孩的脸膛。男人终于流下一滴泪，为男孩，为男孩的母亲，也为自己。他从怀里掏出一张照片，哽咽着，塞给男孩。他说从此以后，你和你娘，再也不用担惊受怕了……可是你们，至少，还得等我 3 年。

照片上，有年轻的自己，年轻的女人以及年幼的男孩。

男人走出屋子，走进阳光之中。一朵一朵的阳光，抱成了团，连成了片，让男人无处可逃……

英　雄

○周海亮

他是英雄。因为一个进球。

小组赛厮杀到最后一场，形势变得非常微妙。双方只要战平，就能携手挺进八强。主教练把队员们一个个叫去单独谈话，那几天到处都是暧昧的空气和目光。官员，教练，球员，球迷，所有人都知道，这将是一场毫无悬念的平局。

一切按部就班地进行。上半场，零比零。

下半场，二十二名球员在球场上继续着他们天衣无缝的表演。带球，分球，突破，一切都那样井然有序；传球，抢断，射门，仿佛经过多次彩排。足球在草地上滚来滚去，滚向一场平庸的零比零。

距终场还有一分钟。观众们开始欢呼，为了一场平局。这时他和他的队友们发起最后一次进攻。他带球奔袭禁区，拔脚怒射。足球扯出一道怪异的弧线，直挂球门右上角。守门员高高跃起，似一条金色的鲤鱼。他发出一声绝望的惨叫。球重重砸进网窝。

整个球场刹那间安静。观众们没有悲哀和愤怒，只剩下尴尬。

二十二名球员全都呆在原地。主教练脸色变得铁青。那个进球，砸中所有人的心脏。

最终比分，一比零。对方被淘汰。他的进球推翻了所有人赛前不

怀好意的预测。他成了英雄。不是力挽狂澜的英雄,而是恪守职业道德的英雄。他回到自己的城市,受到所有球迷最狂热的欢迎和最理性的崇拜。

只不过,他只当了一天英雄。

赛后的兴奋剂检查,抽中了他。他留下了两瓶尿液,回到家。后来正在休假的他得到了消息。A瓶,呈阳性。

那天他喝了很多酒,醉得很深。醒后,他主动放弃了B瓶的检查。他说不用查,是的,我吃了违禁药品,我愿意承担一切后果。

他被禁赛五年,罚款五万元。他干脆提前挂靴,独自一人去了一个乡村小学,教体育。

他是被冤枉的。他只记得比赛结束后,有队友递给他一瓶水。他咕咚咕咚喝下去,然后把瓶子扔得很远。那瓶水的味道有些怪,可是他没有任何怀疑。他根本想不到,出生入死的队友,竟会因为一个进球,将他暗算。

他不再是英雄。他成了一个职业道德沦丧的作弊者。他记得他的队友,他的主教练,他的俱乐部官员,他的对手,对手的主教练,客场的观众,他记得他们看他的那种眼光。他更记得当他被检测出服用过兴奋剂后,很多人幸灾乐祸的表情。

他比窦娥还冤。可是他不想为自己申辩。他更不想反抗。他知道,申辩和反抗没有任何用处,他是注定的失败者。他可以战胜一个人、一支球队,却不能超越环境、超越某种规则。

他在那个乡村小学,一干就是五年。五年时间里,他不再关注足球。偶尔看看球赛,也只看国外五大联赛。国内足球对于他,已经失去了最后一丝吸引力。

五年后,他所效力的那个球队由于赌球和打假,被公安机关强势介入。然后,顺藤摸瓜,扯出了五年前的事。一夜之间,所有人都知道

那是一场事先被操纵结果的比赛。只不过由于他,那场球,最终回归了足球和体育本身。

当然,还有他的兴奋剂事件,也是被人陷害。他是真的一个人打败了两支球队和一种潜规则。

他再一次成了英雄,万众瞩目。有球队向他伸出橄榄枝,他不去;有足球学校请他当教师,他不去;有报社请他当体育记者,他不去;有电视台要采访他,他去了。

那天主持人问他,现在你是名副其实的英雄。请问,对足协的错误处罚,你会上诉吗?

他说,足协处罚得对。我不是英雄。

主持人问,怎么可能? 难道兴奋剂事件不是对你的陷害吗?

他说,是。

主持人问,难道不是你改变了比赛的结果吗?

他说,是。

主持人问,那你为什么不承认自己是英雄呢?

他说,其实那一天,我根本没想打破那个预定的结局和龌龊的规则……我也是在表演……我之所以射门,是因为我想让自己的表演更真实一些……我比所有人都无耻……我本想一脚将球踢飞,哪想由于技艺不精……

于是,他再一次从英雄,变成一个职业道德的沦丧者。

可是后来节目播出时,这一段被剪掉了。只因为这个时代,需要一位英雄。

所以,他仍然是英雄。

哪怕他是虚假的。哪怕连他都承认,他是虚假的。

昔我往矣

○高　薇

干爷爷的突然出现，让奶奶原本安静的小院里突然热闹起来。

老头儿黑瘦黑瘦的，中等个儿，看上去七八十岁的样子，大嗓门儿，一杆旱烟袋不离嘴，一张嘴，露出两颗黄黄的门牙。平时不善言谈的爷爷坐在干爷爷对面，显得很兴奋，两个人一齐比画着手脚，爽朗的笑声不时从小屋里传出。

奶奶一把将我拉到黑瘦老头儿跟前说：快叫干爷爷！

干爷爷？我用疑惑的目光望望眼前这个陌生老头儿，犹豫着，但一斜眼看见桌上摆了花生，便赶紧喊了一声。

老头儿笑着答应，把我搂进怀里，顺手从桌上抓了一把花生，塞到我手里。我高兴地跑到院子里。

那时我最盼望的就是过年和来亲戚了，只有这时候才能吃上好东西。一小把花生很快吃完，我又磨蹭着倚在门框上，看屋里的热闹。

老头儿一竖大拇指，说：兄弟你那时可真厉害。

爷爷说：你说我的骑术？

当然！你那镫里藏身，漂亮！比武场上的官兵全给镇住了，小媳妇大姑娘们，呵呵，谁不知道你？

呵呵，那次我可是全师第一！爷爷也发出爽朗的笑声。

哈哈哈……

两个老头儿一齐笑着,笑声传出很远。

憨厚木讷的爷爷竟然获得过全师马术大赛的第一,这是我第一次听说,禁不住对爷爷生出一种崇敬之情。寡言少语的爷爷,在队里负责每天到各家各户铲大粪,这活儿虽不重,工分也不少,但没人愿干,原因是都嫌臭,可爷爷愿干,一干就是十年。爷爷愿意干这活儿的原因我也是后来才知道的,爷爷爱读书,还喜欢写写画画的。到队里干其他活儿得熬时间,铲大粪就不用,一个小队四十几户人家,有两小时就铲个差不多,然后推到村西场边和好晒上就完事了,可以有更多的时间看书写东西。爷爷读的书大多是从一个叫北宅的老四合院里找来的,那户人家举家迁到国外了,后来这四合院做了生产队的仓库,收拾院子时,爷爷争先恐后,抢了不少书。奶奶看着爷爷兴高采烈的样子说:简直变了一个人,平时看你绵得像只虫,看到书就成了一条龙,真是怪事。

为这些事我文雅又爱干净的奶奶没少骂爷爷,爷爷干活儿回来,一进门准会看到奶奶早备好的盛满水的瓦盆,捂着鼻子的奶奶甩下一条毛巾,赶紧躲到屋里去。爷爷总是不屑地说:哼,老女人。

整天推个大粪车的爷爷竟然做过骑兵团长,还在骑兵技术比赛中获过第一,我情不自禁地向爷爷投去敬慕的目光。

还有,你的军饷发下来你也不管,爱谁花谁花,你比武获得的奖品有一条香烟,也被我给抽了,你还记得吧? 干爷爷的话匣子一直没停下,仍然哇哇响。

记得,记得,咋不记得!

就是那荷包你不给我们,佩岑姑娘赠送的那个香荷包,你整天戴在身上,我看着好,但说什么你不给。干爷爷的话仍是滔滔不绝。

什么荷包? 那时候我还不认识他呢! 正过来续水的奶奶听了这

话,手不禁一哆嗦。

干爷爷望望奶奶说:不是说你,年纪大了,说也无妨了,佩岑是房东家闺女,人长得漂亮,也勤快,佩岑这名字还是我这有学问的拜把子兄弟给取的呢,怎么,你也知道佩岑?

奶奶深深地望了一眼爷爷,爷爷的目光躲闪着,奶奶说:哦,我从小也没名字,嫁了他后也是他给取的名字呢……

那叫佩岑的姑娘后来怎样了?奶奶转过脸问干爷爷。

咳,死了!干爷爷长叹一声。

死了?怎么死的?爷爷和奶奶不约而同地问。

干爷爷第一次把声音降下来:咳,难产死的,比武后不久你就调离了部队,从那以后我们就再没见过,不觉四十多年了啊,要不是红星干渠修到我们那里,要不是在工地上遇到你家三小子聊起来,这辈子我们恐怕见不到了,唉!

奶奶说:大哥,你说那佩岑姑娘是难产死的?

一丝忧伤爬到老人布满皱纹的脸上:咳,佩岑姑娘是大着肚子嫁人的,你想还能嫁好人家?男人是瘸子,经常打骂她,孩子眼看生了痛得在地上打滚,瘸子才一边骂贱货一边慢腾腾地去找接生婆,听说接生婆来时佩岑姑娘早已倒在血泊里。

她是什么时候结的婚?爷爷急切地问。

你走的那年秋天。干爷爷说。

那孩子呢?怎样了?是奶奶焦急的声音。

孩子没死,是个儿子,开始瘸子口口声声骂孽种,要把他卖了。一时找不到合适人家,瘸子就先养活着,过了一段时间,有人去向瘸子买孩子,被瘸子骂出来了。

那瘸子和孩子现在好吗?爷爷小心地问。

好,都好,瘸子在红星干渠工地上看料,除了腿瘸身体没别的毛

病，他儿子当兵回来在村里当过书记，现在负责那段工地的施工管理，和你家三小子在一段上，两人投缘，还拜了把兄弟呢，说过些日子还要来看你呢。干爷爷说。

哦，好，四十多年了啊，爷爷长叹了一声。

这时，奶奶放下茶壶，转过脸，默默地向里屋走去。

花　葬

○高　薇

　　那时我刚从村东七奶奶的葬礼上回来,床上的奶奶挣扎着让妈妈把她扶起来,朝我吃力地挥动着一双干瘦如柴的手。我不情愿地走过去,站在她床前,我感到她粗重的喘息声嗡嗡地响在我耳畔,一股子略带着酸腐的气味从她嘴里呼出来,扑向我脸前,我微微皱了皱眉,低了声喊道:奶奶。

　　你七奶奶埋了?

　　埋了。

　　花葬,还是排葬?

　　奶奶的身子斜靠在床头上,我听到她的喘息声更重了。

　　排葬吧……

　　排葬?准了?

　　奶奶枯黄的脸上流露出痛苦惊愕的神情,浑浊的目光直视着我,那双干瘦的手又开始朝我这边伸,在我不远处的面前哆嗦着停住了,我又皱了皱眉,朝前迈了半步。

　　小时候奶奶没看过我,那时奶奶在城里二姑家里。二姑和二姑夫都在机关工作,特别忙,二姑家的表姐比我大了半年,全指望奶奶给看管着,为这事从小没少听妈妈和几个婶婶唠叨。她们经常在一起说,

给谁家看孩子谁家就得养她的老。这几年奶奶的身体越来越差,看病和日常花销几乎全靠二姑。但后来奶奶的腿出了问题,去过很多家大医院,也没治好,不能走路了,最后只能回到乡下,由三个儿子轮流着管。

这还有假? 大家都这样说呢。我望着奶奶,有点不以为然。

哦,可你七爷爷临死留话说要花葬的,都是因为你七奶奶没生个儿子啊,唉! 奶奶长叹了一声,用枯瘦的手指一下一下地拢着灰白的头发。

什么花葬排葬的,都是埋到土里,还不一样? 我中原大伯不是七奶奶的儿子?

我不喜欢听她唠叨个没完,小声咕噜了一句,想堵住她的嘴,不让她继续说下去。

你中原大伯要是她亲生的,还会答应排葬? 哈哈!

奶奶从嘶哑的嗓子眼里发出几声干笑,让我听得有点心惊肉跳。

我把头扭到一边,偷偷撇了撇嘴。

在我们这些小辈人看来,人死后化成了一把灰,还计较个啥。可在村里不行。娶过两房妻子的人死后是排葬还是花葬,通常是按照男人的意愿来安排的。花葬是男人埋在中间,两房妻子一边一个。而排葬呢,是男人埋在左边,第一个妻子紧靠男人右边埋,第二个妻子再紧靠第一个妻子埋。在农村里花葬的很少,因为都讲究左边为上。除非男人非常宠爱第二个妻子,才同意花葬。听说七奶奶是大户人家的女儿,知情达理,温柔贤淑,深得七爷爷喜欢,七爷爷宁愿将她葬在自己左边。但到头来却因为七奶奶没有生下儿子,最终被前房的儿子安排到他母亲下边葬了。

有儿子就不怕了,不怕了,唉!

奶奶长出了一口气,开始时满脸的紧张现在已经不见了,嘴角挂

上一抹不易觉察的笑容。奶奶拢完头发，摸过她的小收音机，重新躺回到被窝里去了。

从那天之后，奶奶再也没提起过这事情。

奶奶去世的那天已经是半年以后了，那天的雾很大，大姑是顶着一头露水号啕着进门的，她颤颤巍巍的样子让人觉得她时刻都有倒下去的可能，瘦弱的大表姐紧紧跟在她身旁，不时地用手扶住她。大姑不是奶奶生的，我从小就知道，她三岁上母亲就去世了。大姑只比奶奶小十来岁，十八岁上嫁到离我们村不远的村子，很少回娘家，大表姐我也是几年前见过一次。

送葬的人真不少，在我们家的老墓田里，怀抱奶奶骨灰盒的大伯从一棵老松树身旁起步往西量起，在一片平坦的麦田上停住脚步，说，就是这里了，挖吧。大伯的话音刚落，这时，就见大姑突然挣脱了大表姐的手，呼地跑了上去，死死抱住大伯，号啕大哭起来。

大家被这突如其来的变故惊呆了。大伯扑通一声跪在地上，和大姑抱在一起，大伯一边哽咽着一边说：大姐，让娘安心走吧……

大姑猛地一抬头，将脸上的泪水和鼻涕使劲一抹，手又死死抓住大伯的胳膊，声嘶力竭地说：你说，怎么个埋法？爹临死时安排的可是排葬！

我虽然很少和大姑见面，但平常却知道一些大姑的事，她是懦弱的，被大姑父欺负了一辈子，在她家里谁说了都算，就是她说了不算。可这时的大姑却表现出了少有的勇敢。

有几个人已经围了上来，都在拉扯大姑的胳膊，我看见大姑的手仍然紧紧地捉住大伯的胳膊，硬是几个人也拉不开。

大伯说：大姐，你尽管放心。

我的娘哎！大姑的号啕声又开始响起来，听着让人揪心，大姑哭着哭着，手就松开了，一下趴到地上。

　　大伯站起来,对旁边拿了铁锹和镢头的一堆人说,就是这里了,开始吧。

　　叮叮当当声不绝于耳,终于将地下的坟墓挖出来了,二叔和爸爸急忙跑上去,问道:怎样? 挖得对吗?

　　大伯一直盯着脚下的墓穴,点了点头。

　　是父亲的坟吗?

　　大伯又点了点头。

　　花葬,正合了母亲心意。爸爸小声说。

　　大姑的声音又响起来,在有雾的潮湿空气里传得好远好远……

送　水

○子　干

一阵尖厉的电话铃声，无情地将县政府值班室的值班人员从梦中惊醒。时值半夜，铃声显得格外急促刺耳。

电话是望康乡甜水村的农民打来的，说要给县府送水。一早，也就是县府上班前送到。要求县府届时提前将各办公室的门打开，由送水的村民，直接将水送到各办公室。每室一大瓶（盛可口可乐用的大塑料瓶），每瓶净重 2000 克。

"什么什么……送水，送什么水?"睡眼惺忪的值班员，十分不耐烦地发出疑问。

"我们村喝了五年排污水的事儿，知道吧?"热切地问。

"知道。"冷冷地答。

"三年前，县领导说，等治污大功告成，县领导一班人，要亲临俺村与村民共饮幸福水——知道吧?"满怀激情地问。

"知道。"犹犹豫豫地答。

"考虑到县领导和同志们都很忙，我们决定派人把水送上……"

当熹微的晨光亲吻大地的时候，得到紧急通知的县府各级公务员们，都西装革履、齐刷刷地来到挂满彩旗、贴满写着"欢迎""庆祝"之类大幅标语的机关大院。县电视台和县报的记者们，也早已奉命赶

到。

锣鼓喧天,鞭炮齐鸣。

"停——"欢闹声中,只见县办主任站在高台阶上一声断喝,"同志们,快别闹啦,我们上当啦!那瓶子里装的都是酱油色的排污水,根本不能喝……"

锣鼓声顿消,大院里一片惊愕。有的人迅速跑进办公室去察看,果如县办主任所说,瓶子里的水真是黑褐色,尽管瓶盖没有打开,难闻的气味却直往鼻子里钻。再仔细看,瓶子底下还压着一张字条儿。上面写着:各位领导和同志们,如果你们觉得喝这种水幸福,治污的事儿从今以后就别再提啦!

"缺德""胡闹""愚昧""无知""干扰政府机关工作""把带头的抓起来"……一片谴责之声,一派愤愤之情。情绪失控,大有一触即发之势。

"同志们,请安静。"一位四十岁左右的壮汉,站在一个比县办主任刚才站的高台阶更高的台阶上,以不容置疑的口吻宣布,"现在以科室为单位,站成一字队形。由科室领导开始,每人至少喝一口瓶子里的水,然后每个科室推选一个人,跟我一起协同县环保局全体人员,奔赴望康乡甜水村。"说罢,举起手中的瓶子,咕咚喝了一大口。

在场的公务员们叫苦不迭,纷纷议论:这场闹剧,十有八九就是此公在幕后导演的(不然,谁有这样大的胆子)。

此公,就是刚上任三个月的县太爷。

英雄故事

○子 千

已经跨入古稀行列的老英雄孙国全,几十年来,不知作过多少次激动人心的英烈报告,讲过多少回生动有趣的战斗故事。

一次,他应邀到一所大学作报告,作完报告,又被新闻系的一些学生从礼堂拉到教室,进行实习采访。要求是,只能讲他个人。他被缠不过,便讲了一个他从未讲过的、有关他自己的"保留"故事——

在上甘岭战役坚守一个高地的战斗中,我腿部负了重伤,不得不躺在担架上,随战友往下撤。不料,没走多远,敌机就在附近投掷了一枚炸弹。一片弹皮不偏不倚正崩在我的下嘴唇上。也怪这下嘴唇太经不起考验,一下就被崩裂一个大口子,成了兔唇豁嘴子。流血疼痛不说,说话还透风漏气。

我被抬到山下一个废旧掩体里。抬担架的是黑铁塔般的战士大牛和纤巧瘦弱的女卫生员小周。小周问我:"孙连长,咱们怎么办?"

"什么怎么办!不是去野战医院嘛,走啊!"

"这儿离医院大约二十公里,我们……我们最快也要三个半小时才能赶到。可这么长时间,伤口恐怕就难以缝合了。"小周低着头怯怯地说。

"难缝合就难缝合吧,怕啥!"我心想,命都可以不要,这点小伤算

什么。

"那……那可是一辈子的事啊！"小周含着满眼泪水，深情地瞥了我一眼，急忙转过身去背对着我，嘟哝说，"破相，一辈子！"

"那你说咋办？"

"马上缝合。"

"那就缝吧。"

"没有麻醉药。"

"有什么？"

"只有针和线。"

就……这样，大牛死劲按着我的手和腿，小周哆哆嗦嗦把我豁了的嘴唇缝合在了一起。大牛松开我时，我的身下被压出了一道沟。小周浑身上下全湿透了，瘫软在地上，半天说不出话来。

"是什么力量支撑您不畏剧痛，接受这样的'手术'？"他讲完后，一个学生问他。

"是怕。"

"怕？怕什么？"

"怕留下残疾，不好找对象。"

"在那样的生死关头，您怎么还能一下子想到这个事？"

"是……是小周眼神的启发。因为，在这之前，她从未用这种眼神看过我。"

"那……你们？"

"明天就是我们的金婚纪念日。"

战斗故事

○子　千

老门参加的那个老战士报告团,五个人有四个已先后去见马克思了,唯他健在。他发愁,愁得吃不下饭,睡不好觉。

报告团是县里组织的,让老战士们报告革命经历、英雄事迹,对青少年和广大人民群众进行革命传统教育。

报告团作报告少说也有上百场了,可老门一场也没作过。外出作报告,不论是五员大将一齐上阵,还是四个人三个人两个人分散行动,他都甘当配角。只作陪不讲话。顶多做点儿补充,或纠正一下讲得不准确的年月日什么的。

现在,配角是当不成了。他便婉拒不出,当起了名副其实的闷葫芦。"闷葫芦"是他大名门虎儒的谐音,也是他性格的写照。说起来他跟那四位战友相比,仗一次也没少打,苦一点也没少吃,罪一点也没少受,可他总说没啥可讲的。

县委书记登门动员他出山,他硬着头皮去了一个单位,讲了一个战友们从未讲过的战斗故事——

抗美援朝时,我是志愿军的一名坦克手。一次,我们连奉命去迎击一股来犯之敌。为避开敌机轰炸,我们五辆坦克,于黄昏时刻相继出发。我在最后。

天黑下来时,我的坦克突然熄火了。我和助手紧修慢修,整整鼓捣了半小时才修好。开足马力追吧,情急中在一个岔道口走错了方向。更倒霉的是,为了躲避横在路上的一方大石头,坦克一下子冲进一个陡峭的深沟里。按规定,战斗未打响前,严禁使用车上的无线电通信设备。在无法与指挥部和先头的坦克联系的情况下,为避免暴露目标,我们赶快熄了火,下车排障。

我们只有一把短小的铁锹,四人轮番铲土挖泥。铲一阵挖一阵,发动机器拱一阵。拱不上去,再熄了火,铲一阵挖一阵,发动机器拱一阵。就这样,折腾了大半夜,一身汗水一身泥,口干舌燥,筋疲力尽,总算拱出了这个该死的深沟,东突西闯,天亮前才驶抵目的地,比预定时间整整晚了四小时。

我心想,这下完了,战斗恐怕早结束了。贻误战机,该当何罪?我和助手躲在坦克里不敢出来。不知过了多久,连长引着一位首长,把我们从车里叫了出来。跳下车,没等我站稳,首长便握着我的手说:真该给你们记一功啊!

首长把我说糊涂了,我的脸涨红得像正在下蛋的母鸡。后来才知道,我们掉了队,走错了路,又在泥坑里折腾了大半夜,敌军的情报人员藏在山洞里不敢出来,远远听到一阵坦克的轰鸣,就认为是驶过一辆坦克。轰鸣了十几次,就向他们的上级报告说过了一个坦克大队。这样的情报,足以使他们的指挥官作出我方投入了两个坦克大队、从两侧对他们实施夹击的错误判断,从而放弃了对我军进犯的作战部署,使连续作战的我军赢得了休整的机会。

有意思的是,这条消息是敌军前线广播电台在我们到来之前刚刚播报的。

"您立功了吗?"台下有人急切地问道。

"将功折罪,免予处分。"老门平静地回答。

风 景 树

○朱道能

当二货提着两瓶好酒去看几年没有来往的幺爷时,一村人把脖子抻得像大白鹅似的。

"砰——砰!"幺爷院里突然传来两声玻璃的爆响。

不一会儿,二货跑出门,脸紫得像茄子:"你个老东西,就跟树过一辈子吧!"

一村人都明白,爷儿俩一定是为卖银杏树的事杠上了。

据幺爷讲,这棵银杏树是他爷爷的爷爷的爷爷……栽下的。但听这银杏的名字,就知道它早已是全村人的风景了。

夏日,银杏树郁郁葱葱的树冠,犹如一把绿色大伞,撑起一片阴凉。全村老少,便惬意地坐在树下,大人们随意闲聊,小儿则绕树嬉戏。热了,就捡一片扇形银杏叶,摇出几分爽意。

待到深秋,树下便是一地金黄。村人就捡拾回去,再找幺爷要些白果一并收藏着,当药引,治杂病。有人去谢幺爷,他一摆手:都是托先人的福哩!

眼下有人出高价,要买幺爷这棵银杏树。谁呢?就是村主任大军。

大军原本在城里当老板,后被上级招贤回乡,当了村主任。

一上任，他就引进一个致富项目：卖"风景树"。

所谓"风景树"，就是漫山遍野的松树、柏树、杉树什么的，只要连根刨起，缠上草绳，运到城里一栽，就变成城里人的风景了。

一时间，寂静的山林里，野鸡惊飞，山兔乱窜。

再聚到银杏树下，村人的话题便出奇的一致：谁谁又卖了多少棵树，谁谁又挣了多少钱……正说得热闹，一直闷坐一旁的幺爷，冷不丁冒出一句："一群败家子！"

村人面面相觑，然后讪着脸，散去了。

银杏树下，便陡然冷清了许多。

大军却常来，尽管说上十句，幺爷也难"嗯"上一声。

一天，大军神秘地压低声音："有人想买银杏树，给你出这个价——"他张开巴掌，五个手指伸得直直的。

幺爷吧嗒着烟，望着地。

"五千，五千啊！我的幺爷！"大军把手掌伸到幺爷脸前。

幺爷吧嗒着烟，又去看天。

"这样吧，再加一千……"

幺爷站起身。

"七千，七千怎么样？不能再高了！"

幺爷终于开口了："先回家问你爹，看你有没有祖宗。再去问你娘，看你是吃奶长大的，还是吃屎长大的！"

大军狠狠地朝银杏树踹去，旋即又龇牙咧嘴地抱脚乱跳。

这事让二货老婆知道了，脚跟脚地赶到大军家里。讲好一万元的价钱后，她一个电话，把在外打工的二货连夜叫了回来……

这一天，幺爷正坐在树下打瞌睡，大军来了："我代表村委会正式通知你，咱们村最近招商引资了一家化工厂，需要拓宽进村公路——这棵银杏树在规划线上，要限期移走，否则将采取强制措施……"

幺爷"霍"地站起身："你敢——"

"哼哼，现在招商引资是头等大事，天王老子也要为它让道！"

没几天，施工队果真开进山来。

看着热火朝天的施工场面，一村人热血沸腾，就连蹲在茅坑上也不忘拿根树枝，在地上划拉着化工厂征田补偿款的数目。至于幺爷有多少天没出院门了，自然是无人理会。

等再出门时，一向硬朗的幺爷，竟然拄起了拐杖。他锁上大门，颤巍巍地出了村子。

几天后，幺爷回来了。

过了几天，幺爷又走了。

当公路一步步向银杏树逼近时，幺爷回来了，身后还多了几个陌生人。

他们径直来到银杏树下，又是测量，又是拍照，一脸的兴奋。

村人先是疑惑地张望，恍然后便一下子围过来：哈，幺爷要卖银杏树了！

二货老婆把麻将一推，反穿着鞋跑过来，嘴里直嚷："卖多少钱？卖多少钱啊？"

来人笑了："多少钱？无价之宝！我们是文物局的，专门来登记保护这棵活化石的……"

气喘吁吁赶来的大军，张着嘴巴，半天没缓过一口气来。

幺爷走的时候，正是深秋。

那天，二货老婆去幺爷门前找小鸡时，感到有点不对劲：因为化工厂刺鼻的怪味，幺爷整天都咳嗽不止，今天怎么变哑巴了？

她嘴里"咕咕"地唤着，使劲推开院门，接着便被蜂蜇般尖叫起来……

当人们手忙脚乱地去抬蜷缩在院里的幺爷时，二货老婆闪进了幺

爷的卧室。一掀枕头,眼睛便一下亮了:下面有一沓长长短短的票子。再一看,还有一张纸条:钱都留给你们,只求办一件事,死后把我这把老骨头烧了,骨灰就撒在银杏树下……

安葬骨灰的那天,来了许多人,有领导,有记者。因为幺爷是全县第一个自愿火化并树葬的农民。

银杏树下,面对着镜头,大军侃侃而谈,谈在自己的带领下,银杏取得了物质文明和精神文明双丰收,涌现出了田有根(幺爷的大名)这样的村民典型……最后,领导把装有奖金的红包,递给死者家属。就在二货还在发愣的当儿,二货老婆从后面伸手抢过来,捏了捏,嘴角不由往上一翘。当发现镜头正在对准自己时,便用手捂着脸,大声悲号:"我的亲爹啊,您咋舍得抛下我们走了啊……"

树葬的小坑挖好了,装骨灰的布包缓缓打开。大军抢在镜头前捧起一把骨灰,边撒边念叨:"幺爷啊,咱银杏的日子会越来越好的,您老就安心地去吧……"

"噼噼啪啪……"为幺爷送行的爆竹,在银杏树下,骤然响起。一树的银杏叶,簌簌而下,如同漫天的纸钱,飘落在幺爷的骨灰上,一片金黄……

七月的阳光

○朱道能

盛夏的阳光塞满了院子,白晃晃地晃着我的眼。爹就蹲在阳光地里,一根接一根地吸着烟,烟是白的,雾是白的,唯有他的影子,是黑的。

在令人窒息的闷热中,我的呼吸声开始粗重起来,于是,我便大吼一声:"给我一年时间,我去复读!"

这一声,把爹的烟灰震落一地。他瞅了我一眼:"你,复读?"我迎着他的目光:"我,复读!"

爹背转身丢下一句:"那行,明天你就去工地挣学费吧——"

爹的态度彻底激怒了我,冲着他的背影,我大喊道:"有啥了不起的,去就去!"

第二天,我去了一家建筑工地。

工头说:"抛砖去。"又瞟了我一眼,"会吗?"

我伸手捡起一块砖头,"呼"地扔上脚手架。

工头把眼一瞪:"轻点,你扔炸弹啊?"

扔炸弹? 这话让我眼睛一亮:对呀,何不把这堆砖头当作游戏中的弹药库呢? 想象着"炸弹"扔出后,敌人鬼哭狼嚎的惨相,这抛砖何累之有? 这么一想,我就立即精神抖擞地投入到"战斗"之中……

可粗粝的砖头，毕竟不能和光滑的鼠标相提并论，很快，我的手掌便火烧火燎地疼起来。于是，再抛出的砖头，就像中弹的小鸟，常常从半空径直栽落下来。"你没吃饭啊？砸烂了我的砖头，扣你的工钱。"我刚才满场飞奔时，没见工头的影子，可刚一懈怠，他就幽灵般地出现在我身后。

我瞪了工头一眼，专挑那些表面粗糙的砖头往上抛，当尖利的棱角从我的手掌划过时，我体会到一种自虐的快感。

中午休息时，我找个角落坐下，就听到身后有脚步声，但我没有抬头，只是拿着牙签去戳手上的血泡，一个，两个……等我再抬头时，一块砖头上，放着一瓶碘酒，一双手套。

一个星期后，我不再需要手套了。因为手上厚厚的老茧，已经经得住砖头的磨砺了。这时，工头又来了，说："工地人手不够，从今天起，你除了抛砖，还要去掂灰桶……"我似乎已经习惯了工头的苛刻，便一声不吭地掂起灰桶就走。尽管我努力在做，可依然顾此失彼。"人哩？抛砖——""人哩？来灰——"

在我忙得焦头烂额时，工头又出现了："你在影响我的工程进度，知道吗？按照规定，扣除你半天的工钱！"

十几天的忍耐，终于在这一刻达到了极限。"砰"的一声，我把灰桶扔了老远，大吼一声："把工钱结了，我不干了！"

工头不紧不慢地点起一支烟，说了一句："走可以，工钱一分没有。"

"你——"

"你什么？我如果拿个半拉子工程找你甲方要钱，你会给吗？同样的道理，你半途而废，就等于你以前的努力一分钱都不值了……"

我呼呼地喘着粗气，却一句话也说不出来。

"是走是留，你自个琢磨吧——"说着，工头背着手，慢悠悠地走

了。

　　这时，我清楚地听见内心的呐喊："走，走，离开这个鬼地方……"事实上，我的腿真的在走动。可走着走着，我却鬼使神差地弯下腰，掂起被我扔掉的灰桶……

　　一个月后的一天，我被工头叫到他的办公室。他拿出一张纸，说："这是复读学校的招生简章。它设在一个偏僻的乡镇，全封闭教学，半年放假一次……"说着，他又从抽屉里拿出一个厚厚的信封，推到我的面前……

　　又是一个七月天，阳光热辣欢快地泼洒下来，宛如此刻我雀跃的心情，我拿着某所大学建筑系的录取通知书，去了建筑工地。

　　远远地，我看见工头拿着图纸，正和几个人指指点点。

　　我走了过去。

　　工头把图纸往别人手中一塞，兴奋地打开通知书。看着看着，他不由得咧开嘴，露出一嘴焦黄的牙齿。在一圈人注视的目光下，他突然抬起头，望着火辣辣的太阳："这天好热啊……"说着，他张开巴掌，在脸上抹了一把，然后，那手迟疑了一下，就落在了我的肩膀上："好儿子……"

　　在如火如荼的阳光下，我的眼睛突然湿润了。

小年过了是大年

○朱道能

黑皮把一张红纸卷巴卷巴,往胳肢窝一夹,扭身就走。正在洗碗的媳妇说:还去打牌呀?快过年了,家里还像个猪窝,也不拾掇拾掇?黑皮正用指甲抠牙缝里的肉丝,等到了院子,"呸"地啐了一口,才应道:打你的头啊?我去写对联!

老话说,小年过了是大年,熬好糨糊贴对联。今天就是小年,也是写对联的时候了——自从出了个会写毛笔字的杨胡子后,松树沟这旮旯儿里,就没买对联一说了。

黑皮去的时候,正写林老七家的。他家年前刚添了孙子,杨胡子把对联书翻了几下,问:这副"天增岁月家添福"咋样?林老七咧开一嘴黄牙,直乐呵:中,中。

杨胡子并没立即动笔。他左手摩挲着红纸,右腕悬握笔毫,屏声息气酝酿片刻后,方才行云流水,一气呵成。写完一副,就让林老七双手提起。他捋着长胡子,喊:退一步,再退,再退……一直看着林老七退到院墙,才算作罢。经过这一番远看近观,满意的,就让人卷起。不满意的,就揉作一团,掷于地下。一村人都知道,一般人讲究的是脸,而杨胡子讲究的是字。有一年,他去大强家拜年,刚进院门掉头就走。正当人家莫名其妙时,杨胡子拿着笔墨,气喘吁吁地回来了。直到他

把对联上的一个字，修饰了几笔后，这才作罢。

黑皮在旁边瞅了会儿，呵欠一个连一个。看前面还有人等，就把红纸往桌子上一放，跑到邻院看打牌去了。一直看到散场，黑皮才想起对联来。等他过去一看，红纸还原封不动地躺在那里，而杨胡子已经开始收摊了。

黑皮急了，说：我的还没写呢，咋不叫我一声啊？杨胡子回了一句：你卖肉的不守案，怨我？明天再来！说着，收起笔墨，转身进了屋。

媳妇听了黑皮的话，皱着眉头说：不对啊，这杨胡子不是故意晾你吗？——你是不是在哪得罪他了？

黑皮没好气地说，他写他的字，我干我的活，鸡狗尿不到一壶去，谁得罪谁呀？虽然嘴上这么说，心里还是嘀咕开了。到了晚上睡觉时，他咯噔一下，突然想起了一件事。

那天是大强房屋上梁的日子，杨胡子被请去写喜联，黑皮被请去上大梁。轮到入席吃饭时，有人客套道，杨先生，你上席请。杨胡子客气了一声，就一屁股坐在头席上。黑皮一见，心里就有些不舒服：我们爬高下低，一个汗珠摔八瓣。你倒好，就那么鸡爪子爬几下，就弄得跟功臣一样，让我们一群人师傅样陪着你……

因为心里不爽，黑皮就多喝了几杯闷酒。吃过午饭，在挑选的未时良辰里，开始上梁封顶了。而后，一副上梁的喜联，就递到了黑皮手中，而站在下面指挥的，就是杨胡子。黑皮好不容易挂好对联，刚刚歇口气，杨胡子就后退几步，眯着眼，又开腔了：左边那副对联，再往上提一个拇指，不，一个半拇指……憋了许久的黑皮，借着酒劲，一下子爆发了：一会儿东一会儿西，你耍猴啊？你自个屙屎自个擦！写俩字就算本事？有本事你把这梁给我架周正了！话音一落，杨胡子当下脸就变成了猪肝色。后来大强出面圆场，再加上"噼噼啪啪"的鞭炮一响，这事才算过去了。

媳妇一下子翘起头，一股凉风便灌进了被窝。你看你，猫尿一灌，就不知道自己姓啥了。咋样，得罪人家了吧？

黑皮把脖子一梗：得罪他咋啦？少了他张屠夫，就吃有毛肉？不就是对联嘛，我明天赶集想买几副买几副。

媳妇知道，男人是在赌气。老辈传下个说法，免费给人写对联，是积福。免费得对联，是得福。再说了，全村99户贴杨胡子的对联，你一家贴买的，咋说也不是个光彩事啊。

媳妇劝黑皮，明儿去了，主动递根烟啥的，他就借坡下驴了。多大的事啊，笑一笑不就过去了？

黑皮犟劲蹿上来了，说：男人的事，你们娘们儿懂个啥？睡觉！

第三天，一群人围在村口的大碾盘上打扑克。黑皮过来了，把一卷纸往磨盘上一扔，说：让我来两把。有人拿起那卷纸，问：这啥？黑皮应了一句：对联。那人一打开，就笑：啥对联呀，咋比你媳妇的脸还皱巴啊？接下来，笑得更厉害了：哈哈，你们瞧瞧这副对联，丹凤呈祥龙献瑞，五更分两年年年称心。啥玩意啊，驴头不对马嘴！黑皮说，别瞎说，这可是杨先生写的对联哩！说话间，他把手中的牌一摔：哈哈，炸弹！

小年一过，日子就像点燃的炮引，"哧"的一下，就到了除夕。

早上起来，媳妇惊叫一声：黑皮，快来看，门口放着对联儿……

黑皮打开对联一看，不但院门、厅房、厨房样样不少，而且连自家的猪圈门都没落下。

黑皮摸着没有胡须的下巴，嘿嘿直乐：就你个绵"羊"样，还想跟俺大牛顶头？！

大牛，是黑皮的小名儿。

媳妇忙着准备年夜饭，黑皮忙着贴对联。当他把最后一副"猪如大牛"的对联，端端正正地贴上猪圈门后，便像杨胡子一样，后退了几

步,把红彤彤的对联都瞅了一遍,兀自笑了。

"噼噼啪啪",在此起彼伏的鞭炮声中,松树沟的家家户户,都沉浸在欢乐的气氛里。

鞭炮声声

○雷高飞

凤凰村和其他村庄一样，过年过节，婚丧嫁娶时，才会鞭炮声声，不绝于耳。平日里，凤凰村安静地卧在龙盘山下，波澜不惊。

文小毛家是凤凰村的例外，不是过年过节、婚丧嫁娶，他家也时常会有鞭炮声孤独而骄傲地响起。每每此时，乡亲们无论在田间地头，还是屋里屋外，都会竖起耳朵，朝着鞭炮的方向，思索、忌妒、艳羡，复杂的心绪蔓延开来。

因为那鞭炮声在宣布：在县城上初中的文小毛又拿了奖了，不是班上第一，就是年级第一；不是这赛的冠军，就是那赛的亚军。他爹妈在给儿子庆功呢。文小毛是文家的骄傲，听那鞭炮声响得多了，乡亲们不得不对文家刮目相看，毕竟，文小毛很可能是村里将来的大人物啊。

村里在县城上学的就只我和文小毛两个，他初一我初二。文小毛家就在我家附近，他家的鞭炮一响，我就浑身不是滋味。爹戳着我的脑门儿说，你啥时有人家半点出息，我砸锅卖铁，也要买比文家大十倍的鞭炮炸给你。我咋养个儿子就这么不争气呢？

我的冤屈无处诉说。文小毛是厉害，他的成绩老排在班上前三名，可文小毛家也用不着这么嚣张吧。

初二期中考试,我的数学又考砸了,在校园里看着文小毛一脸得意的表情,我就知道他又考得不错。愤怒的血液涌上我的脑门,走到街上的文具店,一个主意蹿上心头。我省出了一顿饭钱,买了一张质量上乘的奖状,用毛笔写下自己的名字:雷大山——荣获初二(5)班期中考试第一名。

爹看了奖状,高兴得都快分不清东南西北了,娘把他们的结婚照从相框里取出来,把奖状小心地装进去,稳稳地挂在堂屋的墙上。爹和娘又赶到城里卖了家里仅有的一只芦花母鸡,买了两串大号鞭炮。回到家搬出梯子,把鞭炮挂到树枝上去。爹虔诚地对着鞭炮默念了几句,庄重地点了火,"噼噼啪啪——噼噼啪啪——"娘说,这鞭炮不假,真响。爹的脸笑得像一朵炸开的纸花。记忆中他第一次摸着我的头,说,我儿子开始懂事了,会出息的!

田间地头、道路上、屋里屋外的乡亲们都朝我家探过头来,惊诧,羡慕,文小毛家再不是唯一有资格给儿子放鞭炮的人家了,一种莫名的快感在我的身心飘荡。

"嘟嘟"两声,摩托车在我家院子前的路上停下,呀,是肖老师——我的班主任,他怎么会来?

我正想往屋子里躲,肖老师已经看见我了,爹也认出了肖老师,跑上去握住肖老师的手,拉他到屋里坐,肖老师说,不麻烦了。我到乡上探亲,正巧路过你家门口,停下来看看雷大山。你们家放鞭炮,有事要办了?

我恨不得找个地洞钻进去,可还是只能木在那里,脑子里一片空白。父亲感恩戴德地紧握肖老师的手:"多亏您的教导,我们家大山这回总算考了个第一。肖老师您辛苦了,我们家也就指望大山了,您进屋坐坐……"

我分明看见了肖老师的愕然——什么第一,他都快倒数第一了,

这是怎么回事啊？我从未感到如此恐怖和绝望过，只等肖老师一开口，我立刻原形毕露，而且将彻底丧失最后的自尊。更严重的是我将如何面对我的爹娘，这对他们，将是多大的打击啊。乡亲们要知道了，不知要怎么笑话我呢。

我紧张又绝望地等待着，却察觉到肖老师脸上的愕然悄然无声地放下了。他对爹说，你儿子聪明着呢，他是个好孩子，有上进心，所以你放心吧，他会越来越有出息的。爹娘笑得嘴都合不上地送走了肖老师。我没有勇气，也没有来得及走上去跟老师告别，他的摩托车在土路上渐行渐远，没有人发现我的眼眶里盈满了泪水，更没人知道此时我的心里，立下了一个决绝的誓言。

我找出以前学过的所有的课本。回到学校，我把课本一摞摞放好，想着先攻哪一摞然后再是另一摞……结果，从初三到高中，我的成绩几乎没出过前四名。高考，我又以全县第一名的成绩考上了一所名牌大学。

考上大学后，我做的第一件事，就是买了十串大号鞭炮，到肖老师的坟头点燃。鞭炮声经久不息，我想这是我给肖老师说的所有心里话。

肖老师是在两年前离开人世的，他用身躯挡住了卡车，挡住了朝我一个同学逼近的死神。

卖　报

○雷高飞

A 教楼的大楼前人来人往。活力四射的大学生们，每天或夹着书，或听着收音机，或抱着球，或高声谈笑着从这里经过。一切都极其平静而自然。

这天，路口围了一大群人，凑近一看，原来路边摆了一个摊，摊前有一纸牌上写着："无人售报摊，请自取报纸，每份五毛。"几大摞厚厚的报纸堆放在一块粗麻布上，有同学们最感兴趣的《参考消息》《国际新闻》《人民日报》《重庆日报》等，旁边的木桌上还放了一个简易的纸箱，钱可以从那口子上放进去。

同学们围在摊前，有的蹲在那里聚精会神地阅读新闻，有的好奇地打量着这个奇怪的摊、奇怪的纸箱，有的则是看见了牌子上的字后，从那一大堆报纸中取出最喜欢的一份，再从兜里掏出五毛钱，不假思索地放入箱内，然后接着赶路。

一天过去了，摊前人来了又散，当天的报纸一份份少去，箱内的钱也随之增多起来，然而，卖报的主人依旧没有出现。

于是，同学们开始议论纷纷，笼在心头的疑惑，始终得不到解答。

"唉，这卖报的主人也太傻了吧，或者是偷懒。要是谁一手拎走那纸箱，再把那几堆报纸席卷一空，那他不是亏大本了嘛！"一些学生

"你担心什么,谁会干那缺德的事啊,这报摊主人信任咱们,咱心里也高兴啊,五毛钱也不是什么大数目,往那箱里一扔,那地上的报纸也就早点儿卖完,也就不辜负了主人的一番心意啊!"有的人很爽快地往那箱里扔钱,然后取了报纸,潇洒离去。

大家心里都在纳闷,这小摊的主人为何不来看看,或者来取走那快满箱了的钱,那无人售票的公共汽车,也有司机或乘务员盯着你往那金属箱中投钱呢。

第二天傍晚,天空忽然阴沉下来,风肆虐地刮着。小摊的主人仍没有丝毫的踪影。于是,有同学在路边捡了几块大石头,压住报纸和布的四角。狂乱的风,终究没有伤害到那静静地卧在路边的小摊。

第三天,依然如旧。偶尔有些同学,拿着报纸摸摸兜里没有钱就走,旁边的同学向他投去愤愤的目光,而他只顾全神贯注地看报纸。没过多久,那人又回来了,只管往箱里扔钱,向小摊轻声说了声"对不起",便回头走去。

直到第三天傍晚,小摊空了。箱里的钱漫了出来,眼看就要被风刮走。有的同学便快步冲上去,把钱使劲塞进箱里,再在箱口围了些石子。

这夜,校园里慢慢地开始寂静。

第四天早上,路过的同学都有些吃惊:纸箱不见了。那个曾一次次被人围着的小摊,空空荡荡。同学们怀着各种各样的神情,打那经过。

无人售报的小摊,就此神秘逝去,而同学们还会想起。后来,没过一天,心理学院的活动展板放在了校园里最显眼的位置,上面印着明亮粗阔的几行字:"本次大学生品德调查活动圆满结束,报纸原数为五百张,箱内人民币总额二百五十元零五角。"

校园大道上,人来人往,阳光明媚。

红衣姑娘

○雷高飞

彩凤从另一个城市的大学赶回家时,天已黑了许久。

幽幽星光下,彩凤走到家门前,一切出奇地安静,她摸索着去开门,钥匙在锈涩的门孔里转了许久,方才费力地推开了门。

彩凤轻唤了几声,没有人应。她估摸着在从前的位置找电灯的拉线,终于使黑漆漆的屋子有了点昏暗的光。彩凤掀开积满灰尘的帐子,发现几只雪白的鸡蛋卧在那里,屋里的残败和荒凉告诉她,家人已经不在这里了。彩凤克制住心中的焦急,去问村里的人,他们向她指了指村边的马路。彩凤寻了过去。

在一间没有门的简易砖房里,彩凤看见爹娘和小弟都在那里,他们将菜放在一张小小的凳子上,添好了饭菜还没开始吃,娘说老梦见彩凤要回来呢。

爹抖动着花白的胡子告诉彩凤:"俺家也要在这马路边给车子加水,再不只靠那点薄薄的土地了。"彩凤心里欢喜起来,笑说爹娘的脑子终于肯活动了。全家人正在端着碗,一辆货车停了下来,爹娘太兴奋了,饭从娘的嘴边掉落下来,爹的碗放得用力过猛,在凳子上抖了几下,弟弟抱着个碗也冲了出去,彩凤也出去看。

爹爬到车肚子下去给水箱放气,娘拖着水管过来,用它的口子使

劲去对水嘴,她的手颤抖着,她努力把那单薄身躯上的每一丝力气都使上去。弟弟一急,按到了开关,强大的水流喷了爹娘一身。爹刚从地上爬起来,司机便匆匆要他往车身的另一边再用一根水管加。一辆车从爹身旁几厘米处飞驰而过。

司机递给娘皱巴巴的两元钱后,朝彩风使了个眼色便走了。彩风心里暗暗惊了一下。彩风指着斜对面马路边停放的几辆车问着,娘告诉她那家人已经干这一行很久了,拥有比较固定的客户,而且多数的重车都从那边过来,他家是大占优势的。彩风觉得自家的门口好冷清啊。爹娘一夜未眠,对着马路直盯盯地守着,一块写着"加水"的牌子孤零零地立在那里。

第二天清晨,有一辆车停了下来,司机下来找厕所、买烟,爹爹热情地领他过去。司机说你家该修个厕所了。

爹爹和弟弟像获圣旨一般急忙开始铲地皮、敲石头、拌灰浆,忙碌着开始修厕所。彩风和娘守候了半天,也就见几辆车停下来过,有一个朝她抛了个媚眼,有一个给了她一个飞吻,有一个甚至进了屋里,问彩风的年龄,彩风只笑笑,装着没听见。最后一个司机说村里难得见她这样的妹子,就干脆去给他做媳妇吧。

彩风心里委屈着,她想竟没人相信她是一个大学生,没人相信山里也有金凤凰。

一天、两天、三天……爹娘对着马路守得眼睛都凹下去了,那块"加水"的招牌还是冷冷清清,而斜对面停着的车辆,是排着队地等。

彩风来了,她穿着红的衣,红的裙,打着红的伞,翩翩似一朵迎风而舞的春花,亭亭如刚沐水而出的芙蓉,她说:"爹、娘、弟弟,你们都在屋里歇着吧,忙了我叫你们。"

彩风坐在马路边的招牌下,静静地微笑,像是在守候来自远方的归人。

司机们纷纷探出头来，他们看到了彩凤，也看到了她头上的那块牌子。他们停了下来，货车、煤车、小汽车长长地停了一串，彩凤家这时忙得喘不过气来。那些青年、中年司机，趴在车窗上，歪着头看彩凤的一举一动，有的人下来和彩凤搭话，问她有没有找到婆家，不如就跟了他们去。彩凤不语，不笑，不怒。

彩凤依旧坐在马路边，静静地微笑着。

过不了多久，人们都知道这条马路边有一家"彩凤"加水处。彩凤家的大门外，车辆鱼贯而行，彩凤的爹娘，脸上的皱纹沟里流淌着笑。村人们都对彩凤的爹娘说："你家这处的风水好啊，别处是比不了的！"

当司机们习惯地停在彩凤家门口，当爹娘和弟弟都习惯地笑着奔过去的时候，彩凤不见了。

过往的男人，眼光不时地在屋子周围搜寻那个红衣姑娘。

彩凤告诉家人，她回老屋去，每天去照顾庄稼地，那些司机们，用热情和周到就可以守住。

彩凤在远处的高山上，望着那间简陋的房子前，时时停着各种各样的车。而那块热闹的招牌下，不见了那个微笑的红衣姑娘。

十年流水账

○黄克庭

常常想起一个人。

这个人姓常,名见真,原先是乡下某中学的一名老师,退休后定居于城区的祖房里。此人右眼天生只有左眼一半大,平时只用右眼看,说是为了让其多用而变大,可他努力勤睁右眼一辈子,也没能明显缩小两眼的差距。

他的摄影技术并不好。在我主编的版面上,每月我会照顾性地发他一张照片。他很知足,心里也知道这份情,每次相遇,他总是很热情地呼我"黄老师",尽管他的儿子要比我大10岁。

我曾很认真地问过他,拍了那么多照片,光冲印照片就花光了他的退休金,拿回的稿酬还不到花销的百分之一,做如此大亏本的买卖图个啥?对此,他很认真地答复我:钱是身外之物,能图个身体好心情好就很划算!东走走,西逛逛,哪里热闹就往哪里凑,日子过得很舒坦,原先的七痛八痛就渐渐少了。他说,儿女两个很争气,大女儿办了一家大工厂,常常拿钱给他;小儿子在美国工作,也常常给他寄点美元。

那天,我到市中心医院看望因车祸住院的同事陈某,在病房里竟意外地遇到了常老师。常老师不是去看望我的同事陈某的,而是比我

同事早 25 天就住进了这个病房里。我这才依稀想起已经有多天不见常老师来报社了。

常老师确实瘦多了,缠着白纱绷带的右眼格外刺眼。

我问常老师怎么受的伤。

他努力睁开闭惯了的左眼说,性格即命运啊!性格不好,所以命运也不好!

细谈中,我终于明白了事情的经过。

出事那天,常老师应校长邀请回到了阔别 10 年的乡下学校。校长说,你是学校的老教师,经常在报上发表作品,怎不给我们自己的学校宣传宣传?常老师说,他对自己任教 36 年的学校没有好感,所以退休后从未回去看过。这次突然接到校长打来的电话,有点儿激动——或许是鬼迷心窍吧,竟然一下子就答应了。

我问常老师,教了 36 年,可谓一生心血都奉献给了学校,怎么会没有好感呢?

常老师凄然一笑,告诉了我事情的原委。他原本住在学校自来水塔边上的实验楼里。实验楼不大,只有一层,共 4 个教室。其中两个教室是给学生上实验课用的,另一个半教室是用来放置教学仪器的,剩下的半个教室用薄木板隔开给常老师当宿舍。实验楼在学校的西南角,地处偏僻,就常老师一人住此。自来水塔是常老师退休 3 个月前才建好并投入使用的。有了自来水,大家都很高兴,因为以前洗脸刷牙洗衣蒸饭全要自己动手取井水。有了自来水,问题也来了。最大的问题是浪费,一些人在刷牙、洗衣时不关水龙头,水哗哗地流,让人心疼!为此,校长在大会小会上从不吝啬口水。领导重视,效果当然就好!学生教师这头,浪费情况堵住了,可常老师发现,更大的浪费在水塔这边。只有人开抽水电闸,却没人及时关电闸。除用水高峰期外,特别是晚上无人用水时间,水塔上面的溢水口老是冒水,常有"庐

山瀑布"之景观。为此，常老师没少向校长报告，校长也没少向管自来水的刘四发火。后来，事情闹大了，刘四被扣一个月奖金，他扬言要毁了常老师的左眼。常老师被总务主任张二请到饭馆撮了一顿。张二告诉常老师，新招工进来的刘四是教育局局长的外甥，专职管自来水，智商不高，脑子又有毛病，从小娇生惯养，性格也不好，又懒又蠢，要不是关系户，早就被开除了！校长说了，人也批评了，奖金也扣过了……到此为止吧。一个开关都管不好的人，还能做什么事？总不能将刘四往绝路上赶吧！他可是全校工资拿得最少的人啊，校长以前可从未扣过别人的钱啊！

"我已严厉警告了刘四：只要常老师的毫毛少了一根，我就把你的双手废了！常老师啊，您是德高望重的老教师，总用不着跟刘四这种有靠山没脑筋的小混混去比见识吧？"张二主任的这句话好像一块鸡蛋石，一下子就把常老师的嘴给封死了。

后来，水塔里装上了一根手臂般粗的引流管，溢出的水从管里边流下，很快进入排污涵道，彻底消除了"庐山瀑布"。

后来，常老师退休回家。一别10年，从没回校去看看。

"想不到啊！这次校长要我回去宣传学校的节水教育。校长说，10年前，自来水井只有28米深，现在井深已达158米，可水还是不够用……"

正当校长忙于布置全校师生节水宣传会议会场时，常老师特意去水塔边看看。老远，常老师就听见"哼哄——哼哄"声……常老师走到水塔下，好不容易撬开一块50厘米见方的水泥盖板。

——天哪！10年前那股清澈的流水正从手臂般粗的引流管里欢快地冲下来！

常老师眼前突然一黑，一头栽倒在水泥地上，等他醒来时，发觉自己的右眼已被撕裂……医生告诉他，现在他的双眼已经一样大了。

　　如今,常老师再也不来报社投稿了。据说,常老师只要听到有人讲节水问题他就发晕,他甚至见不得像流水一样的印刷报纸的现代化程控机器……

　　不会再来报社的常老师,我却时常会想起他。

有支钢笔丢不了

○黄克庭

记得十一岁那年，上小学五年级的我还未能用上钢笔。

那时，全班没有钢笔的只有两个人了。另外那个就是我的同桌，绰号叫"小地主"的。他曾有过钢笔，是他自己弄丢了。

那年暑假，我捡了一大堆桃核，细心地将每个桃核敲碎，取出里面的核仁，晒干后两分钱一斤卖给一位土医生，换回了十一个一分硬币，准备买钢笔。我坚信，我能靠自己的劳动买上一支钢笔。

十一个硬币数来数去数了两天后只剩下十个，我心痛了许多天。后来，我到代销店里，费了许多口舌后用十个硬币换回一张一角的纸币。

我的同桌"小地主"家也并不富有。人家叫他"小地主"，原因是他常讨人嫌，令人厌。那天，与人追跑时，他一脚踩扁了班里"老童生"的一只乒乓球。

"老童生"三年内留过两级，个子高，资格老，爸爸又是大队（村）干部，班里谁都怕他。

尽管乒乓球只是五分钱一只，然而"小地主"却赔不起，结果一连三天挨"老童生"的耳光。

第四天，"老童生"对"小地主"说："再不赔，一天打三顿！打了还

要加倍赔!"

　　然而,一个星期过去,"小地主"还是没有赔还乒乓球。

　　我实在不忍心看下去,可又不敢为他撑腰。左思右想,翻来覆去,最终我作出了一个了不起的决定,用卖桃仁的一角钱买来两只乒乓球,替"小地主"还了债。

　　"小地主"对我很感激,我第一次看到他流下了眼泪。他对我说:"我会还钱的!"

　　一天夜里,朦胧的月光下,"小地主"塞给我一张钞票,说:"今天我家里的猪卖了,爸爸给了我一角钱。"

　　回到家里,独自躲在昏暗的煤油灯光下,面对纸币,我惊呆了。

　　我手里拿着的明明是一元钱!

　　一元钱,是我从未拥有过的天文数字。我反复回忆"小地主"还钱时的场面,心里一直在嘀咕:是"小地主"花了眼了吗?"小地主"的爸爸也花了眼了吗?

　　第二天,我怕见"小地主",装肚子痛没去上学。

　　中午时分,"小地主"跑到家里来看我,问我为什么没有去上学。我见他丝毫没有取钱的意思,悬着的心渐渐放了下来。

　　一个月后,我用"小地主"还回的一元钱,买来了我平生第一支钢笔。

　　每当我用这支来历极不光彩的钢笔写字时,我总是深深地感到愧对"小地主",尽管"小地主"一再声明我是他最最要好的朋友。

　　那年我二十岁,大学毕业了。我平生第一次领到工资时,第一件事就是给修了八年地球的"小地主"汇去二十元钱,同时给他寄去一封信,向他说明当年还我一元钱的事,并真诚地向他道歉,请求得到他的原谅。当我从邮局出来时,我似乎轻松了许多。

　　很快,我收到了"小地主"的回信和他寄回的二十元钱。信中说,

还我一元钱并不是他眼花,那钱也不是他爸给他的,而是他趁爸换衣服的时候偷来的。为此,他还被他爸揍了一顿,并罚跪了一夜。爸问他钱哪儿去了,他说是买饼吃了。信尾,他还是重申,我是他最最要好的唯一的朋友。

朋友,多么神圣而亲切的字眼!然而它又让我羞愧和不安。

三十多年过去了,我买过许多支钢笔,也遗失了许多支钢笔,然而,一直没有遗失的是我的第一支钢笔。我将永远爱惜它,珍藏它!

一个电脚盆

○衣袂

妮子打来的电话是马大炮接的。

妮子说："娘在干吗？咋不过来搭话？"马大炮直冲冲地说："人不在,跑西院去啦。"妮子就很诧异,都这么晚了,娘还待在三哥家做啥？

不问则已,一问就把马大炮的心火给掏了出来:"老三这次又听了媳妇的馊主意,放着崭新的塑料脚盆不用,非要花好几百买回个插电的。老太婆见电脚盆咕嘟咕嘟直冒泡,又听说可以舒筋活血,稀罕得不行,唠叨着也要置办一个。我当然不同意。老太婆就跟我较劲,天一黑就往西院跑,娘儿几个又是泡脚又是说笑的,瞅那死样,想合伙对付我嘞……"

听马大炮燃烧得噼里啪啦的,妮子打趣道:"爹,您瞅您,说话怎么像以前抢着钢叉捉鱼似的!"

马大炮不好意思地干咳几声,止住了话题。可是妮子不依。妮子说,爹您也真是的,都这岁数了,还抠什么？娘想要,就给她买一个呗,家里又不是买不起。

马大炮说,咱祖祖辈辈都用木脚盆,还不是活得好好的？你是没看到你三嫂那个烧包样——

妮子给爹解释说,电脚盆就是足浴器,城里人都用这个保健身体

哩。

挂了电话,妮子转身对男人说,要不,咱们给娘买一个吧?

妮子跟爹的对话,被枕边翻书的男人全都听了进去,但他恍若未闻地问,买什么?多少钱?妮子说,电脚盆啊,名牌估计得一千多,咱们到商场买个一般的,五百足够了。男人牙疼似的哼唧着说,就咱俩教书的那点儿工资,去掉房贷,去掉小宝的入托费,再去掉随礼的份子钱,还不知道能剩几颗米……妮子抬脚就踢,咬牙骂道,你给我滚一边去,整天房贷房贷的,可别忘了房子首付还是你老丈人赞助的。男人边躲边讨饶,好好好,周末就去。

那天,一家三口刚下班车,就看见娘等在路口。天上飘着雪末子,娘一把抱起小宝搂在怀里,亲了又亲。

妮子说,爹呢?

娘说,撂下电话就上街割肉去了——你说你,也不晓得早点儿来电话,眼见都晌午了,杀鸡也来不及了,你爹急忙忙的,也不知还能买些啥。

妮子说,人家就是不想让你们破费嘛。

进了门,妮子打开电脚盆的包装,嘀嘀咕咕地教娘各个按键的功能,男人随在旁边逗小宝嬉戏,好不热闹。不一会儿,马大炮拎着几大包东西回来了。男人连忙迎上前说,爹回来啦?外面冷吧?马大炮扫了他一眼,又扫了一眼电脚盆,冷哼一声,径直把东西送进厨房,然后弯腰扛起小宝,耍乐去了。

男人神色讪讪的,吃过午饭,便催着回城。妮子随了他。

夜里,男人越想越生气:以前,你马大炮嫌我穷不肯把女儿嫁给我,也就罢了。如今小宝都这么大了,还处处给我摆脸色?

两口子正吵得热闹,小宝忽然拉开袄兜拉链,掏出一卷钞票来。

小宝对男人说,姥爷让临睡前再把这钱给你。

妮子一把夺过来,数了数,气呼呼地拨响电话问爹,您这是啥意思?

闺女帮娘买了一个电脚盆,爹想让女婿再帮我买一个呗。

妮子嚷了起来,爹,您咋那么爱较劲呢?老两口共用一个不挺好吗?

马大炮火了,更大声地嚷道,我想让女婿买了赶紧给他瘸腿老娘送去……可别学你三哥,像个花喜鹊似的,没出息。

妮子转身看了看男人。男人把脸蒙进了被子里。

桂 枝 娘

○衣 袂

位于大别山深处的老鸹岭，至今还沿袭着春节贴窗花的习俗。

新婚随夫回家过头年的城市女子依依，敷衍着公婆的欣喜，躲闪着村邻热辣辣的围观，只把好奇的目光定格在那些喜盈盈的窗花上。那些红色的纸张，在剪成窗花时仿佛注入了生命。恍然间，牡丹花开富贵，鸳鸯交颈缠绵，五福并肩临门，即便是观音送子脚踩的祥云，也刻画得细腻传神。

见依依喜欢，丈夫大伟得意扬扬地介绍，说这些都是咱桂枝娘的杰作呢。临到夜里小两口躺进被窝，大伟才给怀里的依依讲桂枝娘的故事。

说起来，桂枝娘年轻的时候，可是老鸹岭有名的俏姑娘。有乌亮的头发，有会说话的大眼睛，还有一双灵巧的双手，可以剪出最好看的窗花。可是桂枝娘却一直未婚。在农村，这种女人往往遭人唾骂，可是，桂枝娘却得到了全村乃至方圆百里的人的敬重。

桂枝娘有过对象，就是本村的二狗叔。俩人青梅竹马，感情一直很好。初中毕业后，二狗叔应征入伍。桂枝娘在家准备嫁妆，俩人商量好了，等二狗叔复员回来就成亲。可是桂枝娘等回来的，却是二狗叔的骨灰和军功章。

二狗叔他娘早就哭瞎了眼。大儿死在煤窑下尸骨未寒，大儿媳就撇下两个幼女拔腿走人。面对着小儿子的骨灰，二狗叔他爹老泪纵横。桂枝娘就在这个时候走进这个家门，一身缟素地为二狗叔操办后事，然后，以寡妇自居。

依依不信，就插话说，如今社会哪里还有这样的痴心女子？瞎编的吧？

大伟不搭茬，兀自讲下去。爹娘心疼女儿守活寡，就为桂枝娘另择婆家，强迫她出嫁。她犟头犟脑往墙上撞，差点尾随二狗叔去了。人被救活，却破了面相。后来，也就没人再勉强她。她也就安心地守在二狗叔家，为公婆养老送终，视同己出地抚养大哥的两个女儿。

桂枝娘没生过孩子，可是村里的孩子都叫她娘，桂枝娘。

见大伟讲得神色凝重，依依不敢再反驳，闷头睡去。

大年初一按照惯例拜见长辈时，依依见到了传说中的桂枝娘。五十开外的年龄，除了苍白的肤色，现在的桂枝娘看不出美丽的影子。她那布满皱纹的脸颊，灰白的短发，瘦小而佝偻的身材，跟其他农妇没有什么两样。唯一显眼的，就是额头上那团淤紫的伤痕。

"好秀气的娃儿。"桂枝娘拉着依依的手，边打量边赞叹。她手里粗糙而踏实的温暖一下子瓦解了依依那仅存的疑惑，依依跟桂枝娘亲近起来。

假期到了，返城的前一天，依依去跟桂枝娘道别。见桂枝娘盘在炕上剪窗花，就坐在旁边模仿。

你呀，真是个傻女子。你外头工作那么忙，怎么会有时间摆弄这个。剪窗花，靠的是心情啊。桂枝娘轻言细语地说。

那倒是。可您怎么存了这么多？过年过节时贴着还好，留着多占地方啊。依依翻看着桂枝娘积攒的窗花问，足足大半箱子呢，个个都是精品。

桂枝娘微笑了，眼神转向窗外：等到有那么一天，我带着这些啊，去见一个人……他，最喜欢我剪的窗花了……

"是二狗叔吗？桂枝娘，这么多年，你过得值吗？"问出这句话后，依依担心地观察桂枝娘，怕她生气。

桂枝娘却一脸平和："值得，值不值，要看对谁啊！他说，等他……等他回来，然后我们就结婚，贴上我剪的窗花……"桂枝娘陷入了沉思，脸上竟然浮现出一层淡淡的红晕。

这时候的桂枝娘真是一个美丽的女子，让依依的心中充满不舍。桂枝娘六十八岁去世时神态安详，身上穿着新娘子的嫁衣。很早以前就做好了的，桂枝娘说，在走的时候一定要穿着，去做二狗叔的新娘。依依和大伟连夜赶回老鸹岭为桂枝娘送终，却发现桂枝娘的箱子空空荡荡，那些精美的窗花也不知去向，后来才得知，桂枝娘把它们捐给烈士陵园的落成典礼了。

浮 世 绘

○衣　袂

现在,根生每天都要去杨屠夫家挑家伙。

附近的小年轻都去了煤矿。煤矿工资高,命大干到退休的话,不干活儿就能领到钱。没考上高中的根生也想去,却被娘死死拦住。娘一手拎着烟酒,一手扯着他往杨屠夫家走去。

杨屠夫曾经是爹的拜把子兄弟。两人光屁股就玩在一起,同去煤矿赚钱时,依旧好得形影不离。因为共同爱恋的大辫子姑娘最终成为根生的娘,杨屠夫方才愤愤改行杀猪的。两家自此疏于往来。爹在煤矿出事以后,寡居的娘对杨屠夫更是避之不及。娘是为了把根生留在身边,才舍下脸皮上杨家的。

娘想让根生学艺。坐在太师椅上的杨屠夫,却吧嗒吧嗒地抽着旱烟袋,耷拉着眼皮子好像没看到来人似的,气得根生扭头就走。杨屠夫的麻脸婆娘正在当院熬猪食,见势走进堂屋,亲热地拉着娘儿俩坐下,大包大揽地收下了徒弟。

于是,根生稚嫩的肩膀,就架上了毛竹扁担,挑起了家伙。

扁担的一头是樟木刀架。刀架上雕着似花非花的图案,刀架里插着杀猪的各种刀具。刀具件件都被鲜血滋养过,亮铮铮地闪着寒光,衬着刀架上的古老浮雕,绮丽而诡异。另一头则是一只松木腰

盆,盆上箍着油腻腻的粗铁丝,间杂着猪毛的痕迹。

平素,肥嘟嘟的杨屠夫叼着旱烟袋,敞胸露怀地背着两只手走在前面。白净的根生挑着担子,荡荡悠悠地跟在后面。

走着走着,不知不觉就翻过春秋,来到年底。

根生变黑了。根生长高长壮实了。杨屠夫就锻炼他独立。

这次,主家要屠宰的是只黑花猪。杨屠夫站在猪栏前看了一眼,见它体格庞大,后臀耸立,赞了声好,示意开始。

根生把抓钩往猪栏上一撑,人就跃进了圈里,抬脚往猪肚上猛力一踢,猪前半个身子就"扑通"一下趴在了地上。根生揪着一只猪耳,往后猛力一扯,顺势将抓钩狠狠地扎进了猪的上颚。

几个男劳力随即把猪抬到了条凳上捆好。

根生把抓钩递给其中的一个,示意他往后稍稍用力,趁着猪头往后仰、猪心窝一览无余的间隙,迅速将刀子捅进猪颚下的一尺三寸处。然后一抽刀,血像条蛇一样蹿出,一滴不漏地射入木盆。

众人连声叫好。

杨屠夫双手抱在胸前,远远地看着根生给猪开脚、吹气、用刮刨给猪刮毛。被拾掇得白白净净的猪肿胖着四肢躺在松木腰盆里,看上去憨态可掬。杀了这么多年的猪,他还是头一次注意到这种景象呢。

主家给杨屠夫端来一杯热茶,跷起大拇指说:"你这个小徒弟,真是难得。"主妇紧跟着递过来大板凳,顺嘴推荐道:"徒弟当女婿,亲上加亲哩——你家那三朵花,哪个配他都不吃亏!"

杨屠夫听这话吃了一惊。他回过神来细细打量着根生:举手投足有着与年龄不相符合的庄重,而虎气的眉眼之间又分明晃荡着稚气——这神情,跟他爹当年何其相似啊。

杨屠夫忽然感觉眼窝里痒痒的。

此刻,根生正专注地擦拭着木刀架。他对那些图案充满了好奇,用干净抹布在纹路里擦来擦去。他没能发现杨屠夫潸然而出的泪滴。

红　泥

〇仲维柯

那天一大早,刚起床,妮儿就蹦蹦跳跳来我家,缠着我带她到西山脚下的红泥沟挖红泥。

我说:"暑假作业有好些没做呢,过些日子再去吧。"

爹说:"大清早就这么闷热,中午怕变天;还是挖黑泥吧,村头大屋窨就有。"

妮儿不乐意,嘴儿噘得能挂个油瓶。

妮儿娘隔壁花二婶也来了我家,拍拍我胖嘟嘟的黑肩膀,说:"有咱家男子汉保驾,不碍事儿!吃过早饭,让俩孩子去吧,——这两天,妮儿就稀罕红泥捏的玩具。"

那年我在村里上小学三年级,妮儿小我3岁,还没入学。

记得娘对我和妮儿说,小孩子都是爹娘用泥捏的;妮儿是她娘用红泥沟的红泥捏的,而我是爹用大屋窨的黑泥捏的。想想也是,妮儿的小脸成天红扑扑的,像熟透的苹果;而我浑身上下黑不溜秋,像条不安生的黑狗。

吃过早饭,妮儿叽叽喳喳又飞到了我们这边的院子里。她脑后扎有两个朝天翘的羊角辫,穿着一身红格子裤褂,脚上一双绣花黑底条绒鞋,娘见了直夸她"真俊"。

出了村,太阳像中了魔,把它的全部火力投给了我们,空气中一丝风也没有。我爬到路边的梧桐树上,摘了一片很大的梧桐叶给妮儿遮凉;妮儿就给我唱歌听——那歌真甜。

我说:"妮儿,你爹可真了不起!那次在学校听你爹讲了好些他在朝鲜打仗的故事;村里表彰大会上,你爹还戴了大红花……"

妮儿说:"还是你爹了不起——俺的病,要不是你爹给俺看,听娘说,俺早就死了。"

"可俺爹是'臭右派',经常戴上高帽子、脸上涂上黑泥在台子上挨人斗,丢死人了!"

"可俺爹说了,你爹是县医院最好的大夫,脸是黑的,可心红着呢!"

妮儿还跟我说,她娘昨天跟我的语文老师"二歪头"吵了一架,就因为"二歪头"说我"臭右派"的儿子一辈子也别想讨上老婆。

娘说了,你要娶不上媳妇,就让俺给你当媳妇。妮儿说到这里,脸红红的。

走完羊肠子路,穿过牤牛沟,再翻过那面阴阳坡,就到红泥沟了——我和小伙伴们经常在雨过天晴的午后到那里挖红泥捏玩具。前几天下过雨,沟底应该还有新鲜的红泥。

爬阴阳坡时,妮儿不停地喘着粗气。我俯下身子想背妮儿,可她说不累。我便抓住妮儿的小手,拉着她往上爬。我们终于爬上了坡顶。

一块不大的乌云一下子遮住了太阳,空气的燥热开始渐渐减退。呼呼——起风了,天气变得凉爽起来。

阴阳坡下面就是红泥沟,我和妮儿欢呼着朝红泥沟跑去。

又一大片乌云朝头顶聚拢来,远处似乎还有雷声。

红泥沟的沟底有巴掌大的一汪水,周围的确还有些红红的泥巴。

我让妮儿站在沟底不远处的一块大石头上，便跑下沟去，两膝跪地，伸开那双小黑手开始挖起红泥来。

正挖得起劲，猛听得妮儿的哭声。站起身来，我这才发现，天上有很厚的云，那雷声也似乎更响了。我忙跑到妮儿跟前。妮儿说，刚才打了一个响雷，她有点怕。

我说："别怕，拿上红泥咱就……"

没等我那"走"字说出口，一声炸雷在我们上空响起，接着便下起瓢泼大雨。

我大声喊："妮儿，快往阴阳坡上跑，我去拿红泥！"

我三步两步跑到沟底。天，哪里还有我的红泥，刚才沟底那巴掌大的一汪水竟扩展成席子大一片。我回转身再朝妮儿站的那块大石头处跑去。可大石头竟然在雨水的浸泡下，松动，摇晃，最终载着妮儿滑到了沟底。

电闪雷鸣，大雨如注，我有生以来这才感到什么叫恐惧。

我哭喊着妮儿的名字，再往沟底跑去。妮儿双膝跪在水涡里，也正哭喊着我的名字。

我揽住妮儿的腰，架着她往沟沿上爬。可沟沿此刻也变得异常湿滑起来，我们爬上几米后，再次滑落到沟底。

看着沟里的水有齐腰深了，我揽着妮儿不停大哭。这时，妮儿反而不哭了，她大声喊："沟那沿上有棵柏树，我们往沟那沿爬吧！"

透过急速的雨水，我发现沟那沿的确有棵树。我抓住妮儿的手朝那棵树的方向爬去。我一手拉着妮儿的手，一手摸索着周围的杂草充当抓手；妮儿也学着我的样子，另一只手也不停摸索着根系较大的草木。我们爬得很慢，以至于沟内猛涨的水都快没过我们的小腿了。

距离那棵柏树越来越近了。

我感到妮儿的身体越来越重，仿佛她所有的重量就靠我这只手臂

来支撑。我大声喊着妮儿的名字,大声喊着"树就要到了"。

当我另一只手牢牢抓住树干时,沟里的水已没过了我的大腿,没过了妮儿的胸脯。我抓住妮儿的手腕用力往上拉,妮儿身体渐渐向树干靠近,一米,半米……

"哗哗——"山洪汹涌而下,妮儿的手腕最终挣脱了我几乎要发麻的手。

"妮儿——"我的哭喊声随即被暴风雨淹没。

妮儿的尸体是第二天早晨找到的,浑身上下全是红泥。妮儿的爹说:"妮儿属于夭折少亡,不能入祖坟,就埋在阴阳坡上吧,也好让她天天有红泥玩。"

埋葬完妮儿,娘一病不起,三天没下床沿。这天花二婶来看娘,劝娘道:"大嫂,看来咱娃儿真是讨不上老婆的命,还是认命吧!"

一听这,娘骨碌一下坐起来,嚷道:"谁说俺娃讨不上老婆,这不,娃的媳妇在这儿呢!"

娘猛地掀开被子。

被子下,有一个用红泥捏的小人,那模样跟妮儿一模一样。

少年不知愁滋味

○仲维柯

太阳刚一露脸就表现出十足的火气,聒噪的蝉也早早在树上演奏起来,又是一个酷热难耐天。

早上的菜团子才咽下去一半,狗剩就火急火燎地跑来喊我去水库游泳。这家伙,黑不溜秋的身子穿着条黑裤衩,跟一条黑狗似的。爹娘对我游泳完全是听之任之,因为像我们这样十一二岁的半大小子,哪个不是弄水的好手呢?

太阳已经升得老高了,田野里一片静寂,除了蝉声,就是远处的蛙声。蛙声愈来愈响,水库到了。

蓊郁的芦苇,粼粼的水面,让满头大汗的我们感到比娘都亲。脱下小裤衩,放到岸边,并用鞋子压住——以免风刮走。突然,我们发现,不远处有个背筐,背筐里还有衣服——也许洗澡的人跑到芦苇荡里拉屎去了,管他呢?

我们并不急于下水。撒泡热尿,用手接着,涂在肚脐眼处,来回揉搓——大人们都这样做,说是防止凉水冻肚子。

扑通一声,我跳下了水。可狗剩竟跑到背筐前,转来转去,就是不下水。我大喊:"不要做缩头乌龟哟——"最终狗剩还是下了水。

我们在水里游来游去,时而仰浮,像两条漂着的黑鱼;时而踏水,

像水面上的两只黑头鸭子；时而来个狗刨，惊得芦苇丛里的水鸟嘎嘎连声叫。

也不知什么时候，岸边人竟多起来了，隐约听到有人喊"这是谁家背筐"的声音。我们正耍在兴头上，没有理会，倒是狗剩没有先前耍得欢腾了。

我们游到芦苇丛里，抓了几只青蛙和几条鱼。我无意间瞟了一下岸边，呀，岸上这么多人！我说："可能出事了，咱走吧。"狗剩一声不吭，脸色怪怪的。

游到岸边，我们听清了人们在谈论什么——

"这衣服放这儿也有个把钟头，说不准这人出事了。"

"拿出来看看，是谁的衣服。"

"像是老四的。哟，我想起来了，今儿早上，见他去清水洼打棉杈子去了。"

"那不是他儿子狗剩吗？让他看看是不是他爹的。"

地上有一身大人的衣服：粗白布汗衫，绵腰的大裆裤，一块毛巾，一整套的烟袋烟杆，烟杆上还挂个琉璃猪。

狗剩一见那烟杆，便喊上了，"爹——爹——"

"你爹会水不？"杀猪二叔问狗剩。

"俺爹他不会水，他不会凫水……"

不一会儿，狗剩的娘来了，一见地上的衣服，便昏死过去。一阵千呼万唤，狗剩娘醒了过来，接着"我的人，我的人"地哭个不停。人们把她架到远处的树荫下。

大人们纷纷脱衣下水捞人：胆大的在深处扎猛子，胆小的就在浅水处乱摸。一时间，整个水库像煮沸了的水，咚咚咚咚冒着水花。包括狗剩在内的我们这些孩子，像一群受了惊吓的土狗，蹲坐在岸边，呆呆地望着水面。

时间一小时一小时过去，大人们没一个懈怠的，坐在岸边的我们这些孩子也一动不动。

又过了些时间，杀猪二叔钻出水面大喊起来："在这下面！"

几个人把赤身裸体的狗剩爹架出了水面，我看到了一张乌青的脸。——那天夜里，我久久不敢入睡，一闭眼，就闪现那张乌青脸。

有人牵来一头牛，把狗剩爹头朝下放在牛背上澄水，可他爹还是一动不动！旁边的狗剩好奇地看着，眼里老早就没了眼泪。

最终，狗剩爹还是撇下这孤儿寡母去了。

接下来的三天，我们几个小伙伴去找狗剩耍。他头戴一条白布，怪模怪样的。见了我们，他先是笑了笑，然后怯怯地看了看妈；他想跟我们一起去耍，被他大伯狠狠骂了一顿。

发丧那天，狗剩一身白袍，腰间缠着麻绳，头上还是盘着那长长的白布条，右手拄着一条缠有白纸条的柳木棍，趿拉白布鞋在街上来回走着，像演戏似的。我们几个小伙伴笑嘻嘻地看着他，他不时用余光看着我们，嘴角不时地动着——那是嘻嘻的动。而周围的大人们眼里满是泪水。

该出殡了。大街上人山人海，人们大都眼泪汪汪的。我们鱼一样挤进了最里层，见到了狗剩。他仍旧是白衣白衫打扮，只是手里多了两样东西——一个土盆、一串白幡。

他见到了我们，抬头微微一笑，马上又低下了头。

这时候，他身后的大伯小声喊道："摔盆！"

"嘭——"土盆摔了个粉碎。

"快哭爹！"大伯朝狗剩狠狠踢了一脚。

"爹——我的爹——"

狗剩跪在地上嚎啕起来。

杨花落尽子规啼

○仲维柯

阳春三月,几阵南风吹过,房前屋后高高的杨树上便挂满了一串串红彤彤毛茸茸的杨花。缕缕春风,星点春雨,杨花便会扭动着轻盈的舞姿,走近你,拥抱你,亲吻你⋯⋯这是一件多么可人的事情呀。可惜,这种沁人心脾的感觉已经永远定格在三十年前,在以后的岁月里,它留给我的全是酸楚凄凉的记忆和不尽的怀念。

打开我记忆的画册,最先存入的,不是娘和爹,而是整天叽叽喳喳欢快雀跃、头上扎有"朝天翘"小辫的杨花姐——她是邻居麻子杨伯抱养的女儿,长我三岁。

麻子杨伯一辈子没有讨上老婆,杨花姐是他三十八岁那年抱养的。听爹说,那年,杨伯的老娘已病入膏肓,老人家见儿子娶妻无望,便在病床上托娘家弟媳办了这件事。孩子抱来,老人看了一眼就离开了人世。

我家和杨伯合住一大杂院,我们住东屋,杨伯住西屋,堂屋住着任、王两家,南屋则是生产队的仓房屋,乱七八糟放了些集体的杂物。听爹说,这里原是村里老地主家的主房屋,我们这些人是土改后住进来的。

从某种意义上讲,我是杨花姐带大的。那时,生产队集体劳作,青

壮劳力是不允许待在家里带孩子的。就这样,偌大的院子里大部分时间只有我和杨花姐(当时,任、王两家没有小孩)。四五岁的我是照顾不了自己的,一会儿吃东西喝水,一会儿又上茅房,这些都由杨花姐领着我。更多的时间,杨花姐教我唱儿歌,什么《小木碗》《小小虫》《小黑妮》,她会的儿歌可多了。有好多时候,大人们都放工回来我们还唱不完呢。娘每次都说,整天价唱,也不怕吼哑了嗓子。

最妙的是在春上跟杨花姐捡杨毛虫(杨花,那可是我儿时上等的美味佳肴)。她一手扯着我的小手,一手挎着竹篮,哼着歌,蹦着跳着就到了村西的小树林。那里捡杨毛虫的人可真不少:老的,小的,就连在附近劳作的壮劳力,也趁中间休息的时间加入了这"淘宝"的行列。我们两个小不点跟在人们屁股后面,自然没有什么大收获,只会捡些别人不愿要的老毛虫。不过也有幸运的时候,一阵劲风吹过,那挂在高高树枝上的鲜嫩的毛虫便会随风而落,下上一阵"毛虫雨"。每到此时,我都会在杨花姐旁边尖叫不停:"姐,这个大的! 姐,看那个多大! ……"

九岁的杨花姐该上学了(当时的农村孩子上学晚,大都九岁)。可杨伯对爹说:"你们家娃儿没人照看,就让花儿晚两年上学吧,反正就图识个字,也晚不了。"对此,娘特感激,用掉了家里所有节省下的布票,给杨花姐做了身花衣服。

穿了花衣服的杨花姐真俊,高高的个儿,红红的脸蛋,两条朝天翘的小辫子宛若两只调皮的小鸟。我总是对娘说:"将来我要讨杨花姐做媳妇儿。"

我八岁那年,杨花姐和我一齐上了村里的小学。那时的杨花姐个儿更高了,几乎到娘的耳朵梢,胸脯似乎也高了许多——娘说:"你杨花姐快成大姑娘了。"

新年过后,老鼠忽然猖獗起来,猫、老鼠夹子都无济于事,大队只

好在公社防疫站买了些老鼠药，并分到各小队。

我们队都到队里仓房屋领老鼠药。那天，发药的是仓库保管员二赖叔，这人油腔滑调的，很不招人待见。等到我和杨花姐领老鼠药了，二赖叔不急着拿药，却瞪着大眼上上下下瞅杨花姐，嘴里不停说着："这闺女可真俊，杨麻子福气真不浅！"杨花姐狠狠瞪了二赖叔几眼，接过老鼠药，转身走了。二赖叔没有紧接着给我拿老鼠药，而是跟身后的几个看热闹的老光棍聊起天来，他们嘻嘻哈哈说着什么"猫"，什么"腥"，什么"老牛"，什么"嫩草"的，让人实在闹不懂。

那是一个早春的午后，清风习习，太阳暖暖，是入春以来很难得的好天气。操场上，我们几个男生女生做"找朋友"的游戏，原则是一个男生唱着跳着找一个女生做朋友，随后女生再跳着蹦着找男生做朋友。我想找杨花姐做朋友，可惜被另一个女孩"抢"了去。最后，就剩下杨花姐和二赖叔家的小明。哪料，小明噘着嘴不干了——

"俺爹说，你是你爹养的小媳妇，俺不跟当了小媳妇的人交朋友！……"

"哇——"杨花姐捂住脸，疯也似的朝家的方向跑去。我随后紧紧追赶杨花姐，可追到半路，猛想到"要上课了"，便停住了脚步。

我是在傍晚放学回家才知道杨花姐出事的——满院子的人，杨伯抱着已经断气的杨花姐，坐在地上撕心裂肺地哭——

"花儿——爹这光棍男人，不该抱养你，不该抱养你呀！爹害了你呀！爹害了你呀！……"

爹娘蹲在杨伯旁边，紧握住杨花姐的手，满脸的泪水。

目睹这一切，九岁的我竟木然地站在一边，耳膜里似乎传来布谷鸟啼血般的哀鸣。

杨花姐是服了老鼠药死的——整个下午我们院子里没有其他人。

为了送杨花姐，我两天没有上学。到第三天，正赶上老师教李白

的《闻王昌龄左迁龙标遥有此寄》："杨花落尽子规啼,闻道龙标过五溪。我寄愁心与明月,随君直到夜郎西。"

那诗,我至今还能诵读出大滴大滴的眼泪来。

爱 的 门

○朱占强

一个晴暖的冬日,父亲坐在庭院里的藤椅上晒太阳。年逾古稀的父亲双颊瘦削,皱纹密布的脸像一枚风干后的陈年瘦枣。温暖的阳光水一样在父亲身边静静流淌。父亲神情呆滞,目光穿越空阔渺远、湛蓝无比的晴空,从记忆深处寻找着失落的往事。

"过来儿子。"我走出屋门,去院子里散步时,父亲突然招呼道。

尽管心里十分不高兴,我还是拎一把凳子,低眉顺眼地挨着父亲坐下。老年人不但需要关心和照顾,有时候还要像孩子一样被宠着哄着。

"还记得你赵姨吗?"父亲问。

"哪个赵姨?"我诧异。

父亲愣了片刻,恍然"哦——"了一声。"难怪你不知道。"父亲说,"那时候你还吃奶呢!"

父亲说:"我那时候像你现在一样年轻,在咱们邻县的剧团任副团长。你赵姨小我四岁,是团里的台柱子,人漂亮又热情。演京剧《红灯记》,你赵姨扮李铁梅,我饰李玉和;你赵姨左唇角有颗美人痣,一条又粗又长的大辫子溜光水滑……啧啧,演得比李铁梅还李铁梅。"

"演艺界,好女人不一定有好结果。"我贸然插了一句。

父亲溢满热情的双眼陡然变得冷峻,沉吟片刻,接着说:"虽然你赵姨性格开朗,爱和团里的同事嬉笑打闹,但她绝不是那种轻浮的女人。谁都想不到,你赵姨竟然爱上了一个'一头儿沉'的男演员。'一头儿沉'你知道吗?——丈夫在城里工作,老婆在乡下种田奶孩子。你赵姨爱他爱得很痴心。那时候人们对生活作风问题特别敏感认真,不像现在的年轻人谈恋爱,初次见面就肆无忌惮地勾肩搭背过街招摇。你赵姨表达爱的方式也很含蓄。比如说帮别人织毛衣,也帮那位男演员织毛衣,但给别人织的毛衣,却总不及给他织的毛衣暖和厚实。"

"那位男演员爱赵姨吗?"我好奇地问。

"男演员是父母包办的婚姻,与乡下的妻子只有亲情没有爱情。"父亲沉浸在往事的回忆中,"真正爱一个人要对他的一生负责。尽管男演员爱你赵姨也爱得刻骨铭心,但他知道,如果不顾一切与你赵姨结合的话,肯定会伤害许多人,甚至会伤害到你赵姨。"

"他们的关系就这样一直保持了三年。"父亲开始激动起来,"三年!两个心里藏着一团火的年轻人,在同一个单位里朝夕相处,即使十分理智,也会被爱情之火烧得发疯。三年里无数个深夜,男演员单身宿舍门外的空地上,常常响起徘徊的脚步声——那是你赵姨,每一脚都把男演员的心踩得滴血。男演员睡梦中曾无数次打开过那扇门。终于有一天深夜,你赵姨徘徊很久后,再也抑制不住自己,把男演员宿舍的门敲响了……"

话说到这里父亲顿住了,父亲的一只手轻轻落在我的肩膀上。

"儿子,如果你是那位男演员,会把门打开吗?"

"会!"我不假思索地回答,"我会毫不犹豫地将门打开,敞开怀抱迎接自己一生的幸福!"

"你错了,儿子!"父亲抬起头,空茫的双眼凝视着天上的一缕白云,"男演员没有把门打开——那位男演员就是我,我一辈子演得最精彩、也最正确的一幕戏,就是你赵姨敲门的那天晚上我没有把门打开。如果把门打开,你现在不会坐在这里同我说话;如果把门打开,我也许能得到所谓的爱情,但为此付出的代价,将是给你母亲和你们兄弟姐妹一生带来大不幸!"

顺着父亲的目光望去,我看到了天上孤独的燃烧的太阳。

行为方案一号

○朱占强

我来干什么？对不起，打扰领导您了。敝姓门，名朝阳，大门的门，朝阳的朝，朝阳的阳，红光机械厂退休工人。我儿子叫门栓。门栓这名字，还是他爷爷活着时候给起的，听起来土，其实人洋派得很。臭小子大学毕业，不思谋着寻一个饭碗，整天神神鬼鬼日弄一些古怪事，还美其名曰行为艺术。领导您说，把一桶乌七八糟的油漆从头顶淋到脚跟叫艺术？大热天穿棉袄捂痱子也叫艺术？依我看，纯粹他妈的神经病加变态。

瞧我这张臭嘴，把事给说岔了。不是我说话不文明，是让门栓气糊涂了。那是家丑。我今天来，为着一件公事，说大也大，说小也小。当然，以色列炮轰黎巴嫩，泰国军事政变，隔着十万八千里呢，咱想管也没办法。我说的是咱家门口的事。半个月前不是下了一场暴雨吗，就是那场台风"桑美"带来的雨，把西郊的地下道给淹了。准确点儿说，是把中间的机动车道淹了，现在还汪着水。所以呢，机动车就走两边的非机动车道，逢上下班人流高峰时，道路就塞就堵。路一堵，我心里就堵。

我为什么发堵？这么说吧，咱人退休了，心不能退休是不是？咱还领着国家的钱呢，不给政府做点事，心里能踏实？您过奖了，动动嘴

{ 124 }

儿跑跑腿儿力所能及，权且锻炼身体了，谈不上奉献。

有领导马上解决问题这句话，我把心搁肚里了。不是奉承您，真的不是奉承您，如果领导干部都像您这样雷厉风行，实现共产主义不是空话，最差也能赶英超美。还要了解情况？了解情况您尽管找我，我家住西郊地下道北口，小康街文明路 53 号，大门左手理发店，右边是好再来餐馆。

…………

再说一遍儿子。你能解决问题？我不相信。我跑了两个月，找有关部门反映十几次都没解决，你小子三天能摆平？我不相信，打死我也不信。你发烧了吧，糊涂了吧，吃错药了吧？什么小鸡不撒尿各有各的道儿，我当了你一辈子的爹，还不知道你肚里有几条蛔虫。就你那道行，充其量不过狗窝里孵小鸡当众吃垃圾的小儿科，真有能耐，你横渡大西洋去，弄它个惊世骇俗，也弄个吉尼斯给老子长长脸。

好儿子，别拿爹开涮了，别忽悠了，吹塌天也没用。三天时间，你真能解决问题，让咱西郊的地下道顺利通车，今后再弄什么狗屁艺术，我都坚决不反对；你果真能把问题解决，我喊你爹，要不要先预付一句？

什么一号行为方案？记者同志快别照，我老沙眼，见强光流泪。你们找行为艺术家门栓先生，我还找呢。我是他亲爹，不是他儿子，你们谁见过三十岁的爹六十岁的儿子？他电话里说的？他还说过明年去美国竞选总统呢，你们也相信？臭小子忽悠你们，捎带着把我也给涮了。

真的不骗你们，我压根儿就不知道什么"一号行为方案"，更谈不上参与，全是门栓一手炮制。地下道水池子里的几百斤活鱼是他放进去养的，禁止钓鱼的大牌子是他竖起来的。这事也真邪乎，禁止钓鱼写得明明白白，偏有那么多人去钓，偏又有那么多人去凑热闹，交警赶

都赶不走，结果把地下道全堵死了，堵得全市交通瘫痪。还真让他小子蒙对了，堵到第三天，有关部门就把问题解决了。当然，你们新闻媒体也有功劳。

门栓去了哪儿什么时候能回来，我也说不清楚。儿大不由爹。他离开家时留下没头没脑的一句话，说今天会有客人来，让我仔细接待。果真，你们就来了。

记者同志，这是行为艺术家门栓先生的单身照片，拜托你们，顺便在报纸上发一个寻人启事。门栓再混蛋，他也是我儿子。

考　验

○朱占强

　　县里在古道乡溪柳村搞的土地流转试点,到老郑头这儿卡壳了。

　　首批流转的 300 亩耕地,经过民主评议和招投标,以每亩地每年 700 斤小麦的价格转租给了承包商;如果农户愿意的话,还可以给承包商打工挣钱,也能增加一笔不小的收入。无论颠来倒去怎样反复合计,出让土地承包权都要比自家耕种合算得多,既省心又省力。乡里把试点定在溪柳村,邻村的群众嫉妒得眼都红了。谁料想这么一桩搂草打兔子的好事,老郑竟然拒绝在出让地权的合同书上签字。老郑说,我的土地我做主,要流转我的地,除非牛不喝水强按头。

　　老郑的儿子郑勇,在县公安局给局长开车,谁敢按下他老郑的头呢!

　　300 亩耕地成方连片。老郑家的五亩地位居中间,避不过绕不开,这让村主任刘大嘴很为难。刘大嘴找到老郑,求老郑赏他个面子。刘大嘴说郑爷,咱村除去要流转的那 300 亩耕地外,你相中了谁家的哪块地,我负责做工作给您老调换一下;或者呢,在流转地的边角另外划出一块也行。

　　老郑冷笑。

　　老郑说大嘴,那年乡里搞规模种植,要村民毁掉青苗种烟叶……

你带人糟蹋我们家的麦苗时，我求你高抬贵手，急得都要跪下喊你爷了，你给我面子了吗？

老郑又说，大嘴，你妈年纪大了，又老又丑，如果给你换一个像电影明星那样年轻漂亮的妈，你同意不？

老郑的话，呛得刘大嘴直翻白眼。

话不投机，刘大嘴便央村里与老郑相好的人代为说情。说客踏破了老郑家的门槛，磨破了嘴跑细了腿，老郑仍旧不肯通融。土地流转的事在村里闹得沸沸扬扬。刘大嘴怕误了工作进度上级问责，就把情况汇报给了乡长。当年搞计划生育时，还是乡团委书记的乡长曾在溪柳村当过包村干部，对村里的情况比较熟悉。老郑是一个安分守己的农民。乡长想，土地流转那么优惠的条件，他老郑之所以不认同，很可能是村里的宣传工作没有做到位，某些条款没有给村民们解释清楚。

乡长决定去溪柳村了解一下情况。

村主任刘大嘴陪同乡领导一行人来到了老郑家。乡长大驾光临，老郑不敢怠慢，受宠若惊地忙着沏茶倒水。老郑家的院子里很快围满了凑热闹的村民。寒暄过后，乡长开始和老郑谈有关土地流转的政策，回答村民们提出的问题。乡长动之以情晓之以理，要村民们打消顾虑，再三许诺绝不拖欠租金，流转后的土地也只用来发展高效农业，保证不会挪作他用。

乡长冲老郑说，郑大爷，有什么条件您尽管提，只要合理合法，在我的权力范围内一定满足您的要求。

老郑问，乡长，土地流转究竟是强制施行，还是自愿呢？

乡长说，当然自愿了。

有您这句话，俺心里就踏实了。老郑起身去屋里拿来了红本本的土地承包证书，笑眯眯地放到刘大嘴面前的桌子上。老郑说刘主任，刚才乡长说了，土地流转自觉自愿；俺家的土地不同意流转，如果你非

要逼鸭子上架的话，请收回俺家的土地证。

老郑借刀杀人，给乡长碰了个软钉子。乡长心里虽然窝火，却也无可奈何。

时隔不久，县里主抓农业的副县长来到溪柳村检查工作。县长问起土地流转工作的进展情况，陪同的乡长不敢隐瞒实情，便把老郑的事给县长作了汇报。县长听后略有所思没有表态，只说去老郑家看一看。

见了老郑，县长嘘寒问暖，和老郑促膝谈心聊了半上午。县长问老郑家里几口人几亩地，孩子们都干些什么工作，生活上有没有困难；问养了几只羊几头猪，塑料大棚一年能收入多少；问村里"两免一补"的落实情况……直到离开，也只字未提土地流转的事。

县长离开后的第二天，老郑的儿子郑勇回到了溪柳村。

老郑问儿子，不年不节的，回家干什么？

郑勇说，不干什么。想爹了，回来孝顺孝顺爹。

回家后郑勇和老郑形影不离。老郑下地干活，儿子给老郑搭帮手；老郑饿了，儿子马上下厨房烧菜做饭；老郑要睡觉，儿子赶忙铺床叠被。如此三天，郑勇把老郑伺候得无微不至。郑勇平时工作忙，有时候逢年过节都难得回家一趟，这次太离谱了。老郑感觉很蹊跷。晚上老郑特意让儿子做了几个好菜，父子俩边喝边聊。架不住老郑再三盘问，儿子才道出了实情。

郑勇说，咱家的那块地你不同意流转，县长告诉了我们局长，局长让我回家来做您的思想工作。局长还说打算提拔提拔我，要考验一下我的工作能力……我没有及时把这件事告诉您，是想在家里多待几天，尽一尽做儿子的孝道。

老郑泪眼婆娑。

感谢一场雨

○聂兰锋

吴琼花回到家时已经深夜了。罗有才终于没和她一起回来。罗有才说坚决不回这个家了,他宁愿住单位的宿舍,一百年不回来。

吴琼花就只好一个人回家了,她不可能在罗有才宿舍外等一百年。

回到家的吴琼花灯也懒得开,摸黑倒在床上,疲惫地望着窗外的天,几个星星半死不活地打着瞌睡。

她想不通,做下坏事的是罗有才,要败家的也是罗有才,她吴琼花为什么去求他?三番五次地倒像是自己犯了错。

吴琼花很烦,烦透了,翻来覆去的找不到可以入睡的姿势。开始她是直挺挺地躺着的,忽然觉得这样很不吉利,挺尸样。她忌讳跟死有关的字眼儿,她不能死在罗有才的前头。于是,就使劲地翻身,尽量地弄出些动静来,证明自己还活得壮实。其实动静再大也没人听见,就连院子里那两只鸡也早已进入了梦乡。

等吴琼花也进入了梦乡,那两只鸡就睡醒了,一声长长的啼鸣把吴琼花刚被瞌睡驱走的烦恼又唤回来了,唤回到薄薄的晨雾里。吴琼花一骨碌爬起来,抓了扫床的笤帚就扔出去了,她本想狠狠教训一下那只没教养的公鸡的,谁知笤帚却落在了一个人的腿上。吴琼花看清

楚了,那是罗有才的腿。她还看到那条腿跳了一下,然后把笤帚踢到了一个角落里,丝毫没惊动那只公鸡。

有本事一百年别回啊!吴琼花半倚着堂屋的门框,斜睨着院子里的罗有才,口气硬邦邦的,神情却很得意,像刚打了胜仗。

罗有才说我回来办个事儿,完了就走。边说边去鼓捣那辆停在大门后的机动三轮车。

不就离个婚嘛,给我五十万,走就是,不跟你这种人纠缠。吴琼花觉得自己如果有了五十万,那些扯不明白的事情也不用继续扯了。

行,给你五十万。现在我去看德望叔,你跟我一块儿去,不能叫老人家知道咱们不在一起了。

看德望叔吴琼花是没意见的,那是她同学的父亲,同学有出息到国外去了,把老父托付给他们。

罗有才驾驶着机动三轮车,突突突地摇晃在去看德望叔的路上。吴琼花坐在后边,往常她坐在罗有才的身边,呱呱呱不停地说笑,罗有才就说你这张鸭子嘴啥时候消停啊,聒死人了。吴琼花就在罗有才的肩上捣一下子,开你的车吧。

可是今天他们一句话没有。就连车子突然不走了他们也没有过多的语言。

罗有才跳下去,又跳上来,鼓捣了好一阵子还是不行。打不着火了,每转动一下钥匙,车子就"呜呜"两声,车身晃动两下,像一个人在绝望地叹息、颤抖。

罗有才只好求助吴琼花,让她下来给推一把。吴琼花正在琢磨这个跳下去蹿上来的罗有才:跟了他二十年,十里八乡地赶集卖百货,攒下些钱都贴他身上了,买工作买工龄买户口。终于进城了,身份不一样了,半道上就起了花心。都说他是个老实人,老实人咋也起这样的坏心呢?

说他坏吧他还想着德望老人,吴琼花也迷茫了,要五十万那是跟他说着玩的,罗有才连五千也没有,狐狸精图不着他几个钱,莫非他们真的有了感情?成全他们算了。吴琼花甚至做出了这样的决定。不是还有儿子吗,那是自己亲生的,去儿子上学的城市打工,当保姆也行,要饭也不奔罗有才的门。

吴琼花!天要下雨了,车子打不着火,你下来推一把呀!

罗有才的喊声打断了吴琼花的思绪,吴琼花就下来了,推一把就推一把,二十四拜都拜了还差这一哆嗦。

推着车,吴琼花对着罗有才的背影说,你看这真是六月天,孩儿的脸啊,说变就变。罗有才知道死娘儿们话里有话,不理她,推起车子再说。不过罗有才觉得很成功,一嗓子就把吴琼花给喊下来了,死娘儿们,早这么温顺不就没事了,整天跟个犟驴子样,哪里是个女人啊!

吴琼花撅着屁股把个三轮车推出老远,吴琼花是有些力气的,罗有才抵不过,不然也不会把进城的机会给了他。

即使吴琼花力气再大,这回也不好使了,那车子跟他们较上了劲,没有在惯性的作用下一鼓作气,而吴琼花也气喘吁吁了。

偏偏这时候,雨点子铜钱般地砸下来,薄薄的衣衫一砸一个透。罗有才从车上跳下,对吴琼花说,换换吧,你来启动,我推,实在不行就推着走!

顷刻,雨就大了,吴琼花坐在驾驶座上掌握着方向,突然就明白了一个道理,天要下雨是谁也阻止不了的。算了,不跟他较劲了。铁了心进城吧,进城找儿子。

吴琼花真的要感谢这场雨了。

罗有才使出浑身力气,车子被推出老远,罗有才有点赶不上了,他知道车子跑起来了。

罗有才乐了,城里人流行换位思考,这换位干活儿也好使啊,好个

死娘儿们还能顶一炮咧。算了，不跟她较劲了，搬回家，一百年不走了！罗有才也真的要感谢这场雨了。

我应该把刀放在哪里

○聂兰锋

这个没有月亮的晚上,吴琼花已经打了三次咨询电话,还是不知道应该把刀放在哪里。每次电话拨通,她都是那句:我应该把刀放在哪里?

在打电话之前,吴琼花就抱着这把刀去了罗有才的矿长家。矿长说,你抱着把刀到我家干什么? 吴琼花说罗有才要杀我,好多人都看见了,这是证据。矿长说,这是切菜刀,哪是证据? 我了解"罗油菜",他不会杀你的。

"罗油菜"是吴琼花的老公,叫罗有才。自从矿长从地底下把他提到地面上,安排在矿工食堂,天天跟青菜和七个妇女打交道,有才就变成了"油菜"。

刚才吴琼花是来叫罗有才回家的,她想告诉罗有才,你都两个月没回家了,家里的抽水泵坏了,得修修。可她刚走进饭厅就看见罗有才和那七个妇女有说有笑地围在一起择菜。气一下子就冲到吴琼花头顶,不立刻发作出来就能鼓破头皮。吴琼花的胸脯一起一伏的,眼睛仇恨地盯着那七个人。有一个叫了声嫂子,吴琼花把怒吼压在嗓子眼儿里,用一种近乎温和的声音说,滚开,我不是你嫂子! 罗有才,是哪个狐狸精让你得了脏病的? 哪个? 罗有才嘴唇哆嗦着,也压低了嗓

— { 134 } —

子用同样近乎温和的声音说，回去！少来闹事儿。吴琼花当然不听，罗有才就顺手摸起了菜刀。其实罗有才只是想吓唬吴琼花，没想到吴琼花一把将刀夺了去，当作了证据。

吴琼花认定了这不是一般的刀，就像罗有才半年前得的脏病一样，也不是一般的病。你举着刀砍我，就是要杀人的，刀就是凶器，是证据；你得的脏病叫性病，那你肯定跟别的女人鬼混了，才得上这种不正经的病。

关于自己得性病的问题，罗有才已经向吴琼花解释无数次了。他说他从来都是守规矩的，没有和别的女人怎么着，要吴琼花没影子的事情不要胡乱讲。至于他得的病为什么叫性病，那是医学的问题，不是他罗有才的问题。就像她叫吴琼花一样，大家都说跟电影明星似的，她就真是红色娘子军啊？

吴琼花把头一扭，就冲那病的名字，你罗有才就不正经了。吴琼花将罗有才的不正经像散布别人家的消息一样在村子里散布了个遍。罗有才不胜其烦，一纸诉状要求与吴琼花离婚。吴琼花又将这个消息带给了法官，法官不轻不重地告诉吴琼花谁主张谁举证，没有证据就不要说了。

婚没有离成，吴琼花却学习了一个词，证据。现在，吴琼花就抱着罗有才杀人的"证据"，走在黑黢黢的巷子里。此时的吴琼花又拨通了第四次电话，她的声音已经变成了哀求，我应该把刀放在哪里？电话那端问什么样的刀。吴琼花说是切菜刀。电话那端说切菜刀啊，放在厨房里吧。说完就挂了。

吴琼花举着手里明晃晃的刀看了看，总觉得应该把它交给罗有才的矿长或者给派出所法院之类的，为什么他们都说放在厨房里呢？明明是证据嘛。

吴琼花被证据缠绕得忘了来时的目的，她忘了告诉罗有才回家修

水泵的事了。于是,吴琼花又返回矿上去,饭厅里已经没人了。吴琼花绕到饭厅后面去敲罗有才宿舍的门。

罗有才开门出来说,你又来干什么?

吴琼花朝屋里看了一眼,又看了一眼。

罗有才说,看也白看,没有你要的证据。你是来送刀的吧?

吴琼花下意识地抱紧了胸前的刀。水泵坏了,得修修,从开完庭你都两个月没回家了。她边说着边还是不停地往罗有才身后看。

干脆,你进来吧,罗有才闪身说,鸡屁股大的屋,你进来看看能装得下什么?

吴琼花真进去了,一只十五瓦的灯泡和一张地铺使吴琼花放松了双臂,刀就掉在地上,咣当一声。

罗有才说你看你,天天抓我的证据,好不容易抓到了,却差一点砍了自己的脚。

吴琼花喃喃地说,家里的水泵坏了,得修修。

香椿芽和水莲

○聂兰锋

膝上一本旧书,嘴上一根旱烟锅,屁股下面一只破马扎,香椿树下呆呆地坐着。这是王平凡闲时的固定格式。

王平凡把所有的闲暇都打发在香椿树下。王平凡并不是上来就呆坐着,先前他总是要咳嗽一番,和路过的人打个招呼什么的,过一会儿,就呆了,一动不动的,跟真呆了一样。久了,村里人就叫他王呆子。

其实王平凡膝上的书只是个摆设,即使那本《后汉演义》被翻掉了封皮儿,书角被翻得卷了起来,王平凡也没有记住一个字,因为王平凡不认字,要认顶多认俩字:水、莲。王平凡坐在香椿树下主要是仰着头看树。仰着头看树也不是王平凡的最终目的,最终目的是想心事,想一个叫水莲的女人。抽烟也是幌子,王平凡不会抽烟,他只是将翠绿的玉制烟嘴轻轻地咬在牙齿间,烟锅里却是空空的。王平凡是借"抽烟"把玩烟荷包。

烟荷包,深蓝色的底儿,绣着粉红的莲花,翠绿的荷叶。那粉红和翠绿因了年岁的久远而有些暗淡。

绣烟荷包的就是叫水莲的女人。

只有在王平凡看树看累了,才无奈地将头低下,胡乱地翻几下书,然后小心地从腰间摸出烟荷包。如果这时你正巧路过,最好别跟王平

凡搭话,管他看书呀看树呀,顶多你在心里嘀咕一句"这个王呆子",然后走你的路。走着你的路,你就不由不去想,当年的王平凡如何猴儿一样爬上香椿树,如何轻盈利索地摘下娇嫩的香椿芽,如何疼爱地卷进水莲的煎饼卷儿里。

水莲爱吃香椿芽卷煎饼,偏偏王平凡的门口就枝繁叶茂地长着一棵香椿树。一开春,王平凡就盯着香椿树,盯得香椿芽不得不冒出来,王平凡就猴儿一样爬上香椿树,轻盈利索地摘下嫩绿的香椿芽,疼爱地卷进水莲的煎饼卷儿里。水莲欢喜得拿着煎饼左一口右一口地咬着吃,水莲说真是怪了,俺家腌一缸香椿也不香,这经了你的手摘下来的,不用盐搓也香得出奇,不信你咬口尝尝,准香你一个跟头。王平凡就张开大嘴狠劲地咬下去,结果只咬掉一小块,嚼巴嚼巴说香。又说,其实香椿最好吃要数长到半长叶儿暗红的时候,梗也是柔软的,吃起来最上口。不过七八天工夫,得了春风,这东西就疯长,就不爽口了。

水莲并不稀罕吃,水莲家有吃有喝,老百姓的话:大家主儿。稀罕吃的是王平凡。王平凡家是真正的穷,那年月穷不怕饿不怕,就怕成分不好。偏偏贫穷的王平凡有个好成分,水莲没有。

又一个香椿发芽的季节,王平凡打算把水莲娶过来,就去请示当生产队长的大哥。大哥说不行,你得要求进步,哪能娶一个地主家的闺女。

大哥很有威信,大哥能把那本《后汉演义》全读下来,还能在歇工的时候给大家说评书一样地讲。

王平凡就将自己关在屋里了,七天七夜,那几天正是香椿芽疯长的日子。王平凡推门出来时,香椿芽早已错过了最好吃的时光,叶儿已绿了。

那个春季,水莲没能吃上香椿芽卷煎饼。水莲终究是个大家主儿,不声不响地嫁了木匠,随木匠天涯海角地打家具去了。水莲出嫁

的那天，王平凡起得很早，朦胧中王平凡见香椿树上挂着东西，走近了是一副绣着莲花的烟荷包，王平凡抓住烟荷包，泪水就簌簌地淌下来。

日子久了，人们就习惯了，谁也不愿去打扰王平凡。

直到王平凡和她结婚，这才成了前村后寨的头条新闻。人们都以为黄土埋到胸口的王平凡这辈子不要女人了，连她也这么认为。

新婚的王平凡话逐渐多了，和柳香莲说话，开口先是"柳香莲"。王平凡说：柳香莲，咱俩也算天赐良缘。柳香莲说：怎么个天赐良缘？王平凡说：柳香莲，俺村按新规划搞旧房改造，俺才去的幸福院，才知道你叫柳香莲。柳香莲说：俺可早知道你哩，前几年乡里开会，谁不知道王呆子。王平凡说：柳香莲，嘻，那时候开会我谁也不瞅，特别是女的。柳香莲说：那你咋看上俺哩？王平凡说：柳香莲，你名儿起得好！香椿芽的"香"，水莲的"莲"。

柳香莲的心口就像被什么堵了一下。

日子久了，柳香莲就发现，不管王平凡和她谈论什么话题，王平凡最后都有本事拐到她的名字上，香椿芽的"香"，水莲的"莲"。

代 价

○郑兢业

女主人进屋后不经意扫了一眼客厅,眉宇间骤然拧出疙瘩。她恼火地叫道:小凯!

家庭女教师凯歌甩着湿手从厨房出来赔着笑脸问候女主人:你今天下班挺早的。

女主人冷颜冷目地指指角柜质问:花瓶怎么打了?

我问过慧明和明慧,两个小家伙都说不知道花瓶啥时候烂的。女教师接着说,我觉得这事不好向你解释,所以没收拾残局。你不妨再找机会问问孩子。

女主人显然不满意她的回答,愤愤弹出弦外之音:我在暑假请人给孩子补课,足以证明我承认自己的孩子并不特别聪明。但他们却特别诚实,这是我这个做母亲的引以为豪的。你可以把碎片收拾起来,像这样,即便再放上一百年,也不可能恢复原样了。

女教师难堪得额头直冒虚汗。她悄声敛气把烂花瓶收拾到一个塑料袋里。

女主人打开窗户,扯着嗓门儿把正在楼下花园玩耍的孪生儿子喊了回来。母子三人进卧室后虽紧掩了房门,凯歌仍能听到窃窃私语声。不用说,是女主人在侦破花瓶案。

当天夜里,待两个孩子入睡后,女主人推开凯歌的住室。她开门见山:小凯,我感到你不再适合做我孩子的家庭教师,明天你就到别处高就吧。按咱们讲定的报酬标准,每天十元。你自己算算,是不是该付给你一百九十元?

女教师眨了眨眼,默然点点头。

女主人掏出钱包,抽出三张五十元票子说:我的那对白水晶花瓶,是一百二十元买来的。让你原价赔偿也不合理,扣你四十元工钱,你看公平吗?

女教师声音虽低,却斩钉截铁:要说公平,你扣我四毛钱、四分钱都不公平。我来的时候你并没有讲定,你的物品损坏了要由家庭教师赔偿。

女主人强压住怒气,尽力使声音低些:我不会荒唐到把家庭教师误作财产保险公司的份儿上,但损坏东西要赔,这可是天经地义。

女教师猛地从床沿儿上站起,又极力克制着坐下,用手抚了一阵心口,辩解道:大姐,你怎么断定花瓶是我弄打的?你是怎么证实的?根据是什么?总得给我摆出理由吧。请相信,我就是再卑微,大学生再贬值,我决不会因为一个小小的花瓶,在我的学生面前丧失尊严,给他们找到推诿说谎的借口。请相信我的诚实好吗?

女主人低声冷笑后说:我很想相信你的诚实。可是,我若相信了你的诚实,就得怀疑我儿子的诚实。而我对慧明和明慧的诚实坚信不疑,这正是我这个被人遗弃的女人最大的慰藉,最大的骄傲。

女教师低头扼腕叹息一阵慢慢昂起头说:好吧,为了你的慰藉和骄傲,为了保持两个可爱的孩子留给我的纯洁记忆,我答应赔偿花瓶。这个莫名其妙的故事就此画上句号好吗?我还有个请求:除了今天这个不愉快的插曲,近二十天来,我生活得很充实,也很快乐,我很感谢你给了我这个假日打工的机会。今天是星期三,如果你允许的话,我

愿意无偿为你家服务到周末,这样,你就有时间比较从容地物色更合意的人。至于以前的佣金,到我离开你家的时候再给我也行。

女主人冷若冰霜的脸被凯歌这番话解冻了。

次日下午,女教师让慧明和明慧在两个房间里做作业,她在客厅里精心编导自己的节目。在她感到圆满之后,她悄然走进慧明的房间,掏出两块巧克力塞到学生手里,亲切又神秘地附在慧明耳边低语:真奇怪,客厅里另一只花瓶也打了,我竟没听到一点声响,你听到了吗?

小脑袋摇了又摇:我啥也没听到,啥也没看到哇!

女教师皱皱眉:这就怪了,我刚去过明慧屋里,我问他看没看到谁把花瓶又弄打了?他说是你。在我下楼取牛奶那会儿,你用鸡毛掸子碰倒了花瓶,"哗啦"一声就打烂了。事情真的是这样吗?如果明慧说的是实情,一会儿你妈下班了,你就该老实承认过失,自觉接受处罚。

慧明听得小脸通红,挥着小拳头辩驳:不是我弄打的,是明慧弄打的!我去厕所撒尿,隔着门缝……

已经到了做晚饭时间,凯歌并不进厨房,她坐在客厅里随意翻着报纸,看到有吸引力的招聘启事,便动笔抄在本子上。

女主人一进屋,凯歌就向她大声报告:大姐,你看,剩下的那个花瓶也打了。

女主人怒不可遏地大叫:真见鬼!又是谁干的好事!

女教师说,今天不是无头案,你的两个孩子都是目击者。

两个孩子已闻声而出,争先恐后向母亲报告看到对方弄打了花瓶。一个比一个说得逼真,一个比一个急着洗清自己。女主人听得目瞪口呆,无力地瘫坐在沙发上。

女教师以不容置辩的口气对女主人说:你先别争着为孩子的诚实

骄傲,请把十九天的工钱一分不少地给我,我马上要离开这个过于"诚实"的家。

女主人痛苦不堪,如数付了工钱。

女教师把匆匆打点好的行李包放在门口,转身从厅柜里拿出一只白水晶花瓶对女主人说:今天并没有谁打烂花瓶,你的两个孩子都是无辜的。角柜上的碎玻璃,是昨天那个烂花瓶的碎片。今天,我讨回公道的做法虽然很不可取,但至少你该醒悟:任何轻信和妄断,都要付出代价的。

逃犯的忏悔

○ 郑兢业

雪夜。小镇火车站候车室成了流浪汉、拾垃圾收破烂者的避难营。路楠蹲在水泥柱的阴影里，理理胡子，压压帽檐，拉拉围巾。动作坦然得似乎心不在焉，其实心里惊慌得像只被追赶的兔子。但他仍然很得意，监狱的高墙电网，未能挡住他对抗法律的意志，他感到自己没罪。惩罚负心的女人，是男子汉的壮举。法律不讲人情，只有逃，逃到天涯海角。

一矮个跛脚的中年男子拖着公鸭嗓请求让道。他用竹竿牵着一个挑圆柳条筐的女人。她高高的个子，有点驼背，但仍不失苗条。看着她的背影和那个男人，路楠深深遗憾，说不清为那女人，还是为他自己。

"收破烂的！这是你家呀，天天来，去去去！"

戴袖标的执勤人员推着跛子往外赶，挑担女人也跟着掉过弯儿。路楠瞄了那女人一眼，猛然像触电般打个寒战，啊！太可怕了！她两眼下陷，像被盗过的墓窟！脸颊疤痕累累，在灯下闪着紫光，左鼻翼不见了，只剩个小黑洞，下唇三处豁口，如腐烂的橘瓣。头上的浮雪融化了，流在疤痕上，使面容更加丑陋可怖。

看不见的魔爪没伸到的唯一角落，是她白皙椭圆、余美尚存的下

颔,洁白如雪,光润如玉。

路楠怔怔地看着这张脸,心猛地一颤,啊,她……五年前,他的维纳斯被人夺去,妒火烧毁了他的人性,随着一声惨叫,她告别了美,他告别了自己。

他又怯怯地将目光移过去。那双眼,曾是充满柔情的秋池;那脸颊,曾是那样红润细腻,轻轻抚摸,也叫人如醉如痴;那鼻翼,曾吹拂过温香的柔风;那嘴唇线条分明,雕刻般秀美……昔日的爱神,今日的丑鬼,在他眼前交替出现,变幻神速,使他眼花缭乱,心胆俱裂!他想到自己就是这丑鬼的造物主。他想叫,叫不出,他想逃,迈不动步,他想钻进地里,脚下没有地缝儿,他想跪在她脚下求得宽恕,却没有这个勇气。他浑身禁不住地抖索起来,像发了恶性疟疾。那是一个灵魂忏悔的战栗!盲女经过他身边时,柳条筐轻轻擦了一下他的腿,他像泥人一样顺着水泥柱子向下滑落,他用力抱住水泥柱,没用,地,恍然在他脚下沉陷了……

他像被钉在耻辱柱上,心甘情愿地接受了另一种审判。

他艰难地站起来,扯下化装的假胡子,狠狠地摔在地上,往上推了推帽檐,朝着他刚刚逃出的高墙方向走去。洁白的雪映出他浓重的身影,夜色仿佛被骤然淡化。

一份特别保证书

○郑兢业

刘强跟徐佳在闹离婚。一听到这个消息,一抹窃喜掠过我的心头。然而那只是刹那间的感情堕落,紧接而来的是为他们大感遗憾。

我和刘强曾在一个单位工作过,同时追恋过徐佳。当时我曾搜刮枯肠,极力向她展示我们的共同点,42码的球鞋可以伙着穿;只要她不穿高跟鞋,我们照样可以"平等对话"。然而我的求爱招数不及刘强高明,他挥了几把眼泪,就把1.75米的徐佳淹晕了。

"我感谢你曾经爱过我,希望你在别处更幸福。"

我一方面用约翰·克利斯朵夫这种豁达的情怀安慰自己,一方面用吃不到葡萄便说那玩意儿太酸自我解嘲:娶徐佳做老婆坏处至少有二——做衣服费布,摔倒了难扶。不管这种解嘲如何高明,仍没耽误我痛苦了半年。

尽管过去的"葡萄酸、酸葡萄"早已酿成清醇的友谊之酒,由于那段感情纠葛,我仍极少拜访他们。在闹离婚的大是大非面前不出面说说,就显得太不够朋友了。

据说嫉妒是可以激发爱情的。我暗中希望我的出现能激起刘强的妒意。在去他家的途中,我备好了对徐佳成打的赞美词。

当我敲开那生疏的家门时,迎接我的只有刘强。徐佳带女儿住学

校办公室了。备下的台词既然派不上用场,我便开门见山:刘兄,你闹离婚的理由可真新鲜。你要是立法委员会的头目,一定会修改婚姻法,增补一条,妻子体重超过 100 公斤者可随便离婚。你当初真不该流着泪向她求爱,影响了你的视力,使你未能看她可能发胖的前景。

他把端给我的茶"咚"地放到茶几上:"你先别一边斧子砍行不行,谁不牙疼愿去拔牙? 要是你处在我的位置上,可能离三遍婚了。"

"在背地说秦香莲的坏话,你可像个男人?"

"你先别用那老式的悲剧角色套我,你耐着性子听听,讲话也会公道些。"

我燃上一支烟,静听他们的故事——

徐佳生了个女儿,像许多母亲一样,为了多产奶水,忘我地与鸡鸭鱼蛋结为密友。直到被身躯撑得龇牙咧嘴的衣服告诉她,昔日的"苗条"已经被肥胖拐卖,她才痛感美丽已经遭劫。

在与肥胖做斗争的最初阶段,她只动用了常规的美学武器,用冷色的缩和竖纹的畅武装自己。在色彩与线条对胖的斗争中,除了产生点视觉效果,再也传不出什么捷报,苗条的敌人——脂肪仍在她体内集结。无可奈何之时,她化友为敌,与肉宗蛋族彻底决裂。她简直到了"为瘦不仁"的地步,家里除了"禁止肉入",炒菜时她只象征性地放几滴油。然而,有心栽花花不开,无心插柳柳成荫,徐佳依旧"壮如山"。本来就瘦的刘强却更上一层楼,两肋间像夹着两块搓衣板。妻子不但不心疼,且对他羡慕不已。

与肥胖的苦战中,徐佳虽然未收回瘦的失地,连以前的好脾气也丧失了,为一点鸡毛蒜皮的星火,她总有本事搞成燎原之势。人的忍耐都是有限的,徐佳当炮捻的时候多了,刘强也不再珍惜家庭的和平景象,不时和她对抗一番。

徐佳也有灰心的时候:唉,胖人都是命中注定的,该胖的,一天三

顿喝凉水也照样胖。

刘强安慰她：尽管心宽体胖不及苗条令女性心驰神往，可那也是一种美嘛。在唐代的仕女图里，胖不是领尽了美的风骚吗？啥事都是十年河东十年河西，说不定哪天人的审美标准突然调过头来，争先恐后以胖为荣呢。

然而，经过短暂的彷徨，徐佳又坚定了和肥胖血战到底的信心。旷日持久的征战中，她纠集饥饿、色彩线条学、强力消耗体力三路兵马，终究也杀不退英勇顽强的脂肪们。此时，现代医学递给她一把利剑，她开始服用形形色色的减肥药。家里那点儿存款，不出半年时间便告尽。可庆可贺，总算换来了第一份减肥捷报：原来90公斤的体重，降到了80公斤。她信心百倍地掐着指头，不出两年，婀娜多姿的体态就可以失而复得了。

一遇无钱买药，只要停服一段时间，脂肪便迅速卷土重来，使她前功尽失。在不息的征战中，她那30岁女人应有的风韵与生机已被逐出面部疆土，未老先衰的脸像一面返潮的皮鼓，灰白而皱巴。她的体质也日见虚弱。

刘强有时心疼地劝她：既胖之，则安之吧。

她也拿出一个涂上感情色彩的理由坚持自己的信念：女为悦己者容嘛！

他若言辞稍一激烈，她便甩给他一顶"狗拿耗子"的帽子。为了买减肥药，她拼命挣钱。学校的教务已经够繁重了，晚上她还要到英语培训班授课业余挣钱。她的整个人生追求，成了挣钱、买药、减肥。前不久两人生的那场大气，就是因为手头缺钱，为了服药的连续性，她竟把灌煤气的钱送到了药店。

刘强终于忍无可忍，提出离婚。

我问刘强，她这样畏胖如虎，是不是怕你嫌弃她？要是这样，应该

让她卸下这个精神负担。

"好！你做个证人，我给她写个保证书，省得不知内情的人说我嫌她胖才闹离婚的！"

他"奋笔疾书"："徐佳，我向你保证，只要你的体重不超过 500 公斤，我都视为苗条，并保证终生不渝地爱你！"

他把"保证书"递给我："请你抽空到学校去一下，给我们说和说和。"

不知这份特别的"保证书"能否成为徐佳对胖的"休战书"，我心中实在没底。女人，真是一部奇奥的书，特难读懂。

郑人买履

○刘正权

郑人

爹娘今天对我很是不错,居然给了我四十文铜钱,让我上街买一双鞋。我低头看看从记事起就赤在外面的双脚,很是替它们幸福,从今后,它们再也不用脚踏实地了,它们可以拥有自己的家了。

说到家,我愣了一下,依稀听娘跟爹提过,该给宝儿寻个家了,都十八岁的人了,过几天媒人就要进门儿,宝儿连双鞋子都没有,不把媒人吓跑了才怪,媒人一双大脚跑来跑去,赚的不就是双鞋子钱?自家都没鞋子穿,还会给媒人鞋钱?爹说打肿脸充胖子吧,让宝儿明儿去街上买一双。

鞋商

吃过早饭,我听见屋上的喜鹊在叫,叫得心花怒放的,一根稻草从窝里掉出来,很痴情地趴在我肩头上。我知道今儿一定有生意上门,顾客就是上帝,我掸掉那根稻草,背上昨夜赶制的一批鞋,清清爽爽出

了门。

行走三分利,坐吃山也空!咱得早点在街上多转两圈,可不能让喜鹊白叫了。

郑人

买鞋可是件大事,跟娶媳妇儿可以相提并论的,我要不准备娶媳妇儿的话又哪有机会买鞋?你别笑我,乡下人见识再短,这点弯儿还是转得过来的。我洗了脚,还剪了趾甲,买鞋得分大小不是,我得把脚上多余的东西给统统除掉,这样量出的尺寸才最为精确,买来的鞋才最为合脚。

我找来一根金黄的稻草,左脚比了比右脚,终于量出了一个连爹娘都满意的长度。娘拿来剪刀,喀嚓一声,贴着脚板给我剪下一个几乎没有误差的尺寸。想着即将到脚的鞋子,再想着跟脚而来的媳妇儿,我欢呼一声就出了门。

鞋商

转了两圈,整个集市上就这儿人多,趁着机会,我先在这儿抢个摊位吧。

来来往往的人,清一色的赤脚大仙,我不担心鞋卖不出去,大家都没鞋穿,我又是独家经营,不发一笔横财才怪。

郑人

集上今儿咋的啦?我都转了两圈,卖啥的都有就是没卖鞋的。本

来,我们这儿穷,大家都不穿鞋,即使穿也是穿自家织的草鞋。可我能穿双草鞋去相亲吗?岂非是要误我终生?

不对。老祖宗说了,"踏破铁鞋无觅处,得来全不费功夫"。瞧,那儿不就坐着一个卖鞋的。

鞋商

兄弟,买鞋是吧!瞧我这鞋面,家织的布,结实不说还耐洗。再看这鞋底,千针百线衲,抗磨不说穿着也养脚。我可不是那个卖瓜的王婆,好东西是要别人说的,兄弟你是有眼光的人,你摸摸这鞋底糙不糙,你看看这鞋面平不平。要说,这鞋也就配兄弟你这样的人穿了,今儿个交个朋友,不多收你一个子儿,就卖四十文。

郑人

四十文,真的不贵呢,爹娘出门前替我担心了好久,他们怕我这手中的四十文换不回一双鞋子,这下好了,不费唇舌就能买到鞋子。我一定要好好挑选一回,你不知道我每次砍了柴挑到街上卖,那些秀才不是说我的柴外实而内虚,就是嫌我的柴烟多而焰少,拼命压我的价,这回终于轮到我当家做主啦!

鞋商

从没见过这么婆婆妈妈的男人,挑了这双挑那双,掂起这只丢那只,就是挑媳妇儿也没这么上心的,不就一双鞋嘛,还看什么款式,什么面料,什么底儿,什么内衬,若不是看在孔方兄份儿上,我真恨不得

给他一个耳刮子。好了,他终于挑好了一双,伸出手开始去怀里掏钱了。咦——怎么他的脸一下变得这么难看,莫非是丢了铜钱?且听他怎么自言自语的。

郑人

我的尺寸呢,我在家里截得好好的那截稻草秆哪儿去了。没了尺寸,我买什么鞋呀,买回去爹娘准会骂我办不成一件人事的。不行,我得赶快回家拿了尺寸再来,免得人家媒人明天上我家我还光着大脚丫。我急惶惶地往回赶,我跟老板叮嘱了又叮嘱,一定要等我拿了尺寸来买他的鞋。不过这生意人就是奇怪,应当懊悔的人是我才对呀,他咋一个劲打自己嘴巴!

鞋商

尺寸,稻草秆量的尺寸!这个小伙子竟忘在家里了,是真是假,我不得而知,反正,这会儿眼看到手的四十文就这样飞了!该死的喜鹊,一点儿也不灵,老子回家不掏了你的窝才怪!

说到窝,天哪,早上不是从喜鹊窝里掉下一根稻草在我肩头上吗,老天爷明明是有所暗示的,我为什么就把它一把掸掉了呢。有了它刚才我就可以给那个小伙子量量尺寸了。我真是该打!我打,我打,看你下回还长不长点记性!

买椟还珠

○刘正权

楚人

天上九头鸟，地上湖北佬！

我是楚人。素有九头鸟之称的楚人，我可不是一般的楚人，我是一个开珠宝店发家的楚人。我的珠宝卖得很好，置于市能价十倍。你信也好不信也罢，反正有的是人争着购买。

郑人

我祖祖辈辈以养珍珠为业，可日子还是不见有多大起色。要说我的珍珠，既有玉石的滑润，又有翡翠的凉爽，可为啥在市场上就卖不动呢？

可叹天下之大，竟以有眼无珠者居多。

楚人

市场是一只看不见的手，不好把握呢。

打折一阵风过去了，跳楼价也跳到最低了。不行，得换个方法促销了。都说人是树桩，全靠衣裳，当初我麻衣缠身时走路都低着头。可眼下，老子绫罗绸缎往大街上一站，谁个不恭敬三分？包装，对，这就是包装出来的效果。

郑人

又一批珍珠养成了！

个个珠圆玉润不说，还大小均匀，闪着如象牙般的色泽，好多珍珠贩子都捧在手心翻来覆去地赞叹，贪婪之色溢于言表。

我知道，他们从我这儿一转手卖进珠宝店就能赚上丰厚的一笔。我为什么自己不干呢？谁也不比谁多长个脑袋呀。

楚人

听贩珍珠的陈二说，郑人又出了一批新珍珠，是珠中精品，我托陈二一定给我倒腾几颗。

价高我不怕，只要货好！

我现在正赶制一个装珠宝的盒子，我相信，有了这个盒子，任何一颗珠宝都会身价百倍的。

郑人

我以平价卖了一颗珍珠给陈二，还管了他一顿酒。

酒后吐真言，陈二终于说出了珍珠是转卖给了一个楚人。陈二感慨说，楚人的珠宝店生意好得不行，这颗珍珠到了他那儿，一定是皇帝的女儿不愁嫁。皇帝的女儿我不稀罕，我稀罕的是楚人的嫁妆。

楚人

我请了城里的手艺最好的木匠、金匠、画匠还有漆匠，为这颗珍珠量身定做一只价格不菲的盒子。盒子完工那天，我还放了一挂万字头的长鞭，以示庆祝，整个楚地，没人不知道我的珠宝店又添新宠。檀香木是精选的，龙凤图案是精雕的，金光闪闪是细打磨的，玫瑰花是细描的。既高雅又富贵的珠宝盒内，那颗珍珠就像八月十五的那轮明月一样，熠熠生辉。

郑人

刚进楚地，有人问我，你是外地人吧，一定是。那人高深莫测地一笑说，你一定是不远万里来瞻仰那颗珠宝的吧。

我不点头，既不肯定也不否定。

夜晚投宿，伙计们喋喋不休议论的也是那颗珍珠。

我很奇怪——能不奇怪吗？我卖给陈二的那颗珍珠不就是比往年的大点儿圆点儿嘛，值得这么大肆宣扬吗？

楚人真是工于心计啊！

楚人

这颗珍珠躺在盒里已经两天了,买主还迟迟未露面,问价的倒多,可都是凑热闹的。他们除了拼命赞叹盒子的精美,对那珍珠竟一无所知。我很烦,为这颗明珠的遭遇。我吩咐伙计说我去店里休息一下,让他好好给我看住那颗珍珠。

郑人

天啊,五两银子在我那儿买走的珍珠这会儿竟标价五百两,明火执仗地打劫呢,居然还围了一大群人抢购。

这是从我那儿转手的珠子吗?它躺在那只高贵典雅的盒子里让我一下子想起四个字来,雍容华贵,对,雍容华贵!

我恶狠狠地砸出五百两银子,抢起那只盒子。珍珠我嫌太碍手,丢了!反正我家里多得是,这盒子可是无价之宝啊!

返回家的路上我在想,一定要找一个能将这个盒子完整复制的能工巧匠!

两块月饼 一个圆

乘人之危

○李 蓬

这段时间王爷可谓忧喜交加。流寇神出鬼没,不断骚扰他。所幸在一次交战中活捉了流寇二号人物江中涛。王爷决定从他口中探出流寇情况,但任凭怎样用刑,江中涛就是不肯招,还几次寻死,多亏王爷手下眼明手快,这才未能得逞。

王爷愤怒了,直骂手下无能。众人都惭愧地低下了头,均说杀人容易招供难。王爷心情更加烦躁,想直接杀掉江中涛算了,自己只要多布人马,加强提防,就不信不能搅散流寇。

但是师爷苦苦哀求:"在没有抓住流寇首领之前,江中涛就是宝,万不能死。否则咱们仍会像以前那样成为没头的苍蝇——乱飞。"

这时管家进来报告王爷:"多索大师要来化缘。"

王爷不耐烦地挥挥手:"叫他滚!"

管家说:"多索大师说他能够降服江中涛。"

王爷尚未说话,手下诸人已暗暗松了一口气。没想师爷说:"咱们府上多的是凶狠毒辣之辈,他们尚不能撬开江中涛的嘴。他这个'哆嗦'客凭什么能够说服人家?"

众人的心不觉又悬了起来。其实多索大师一点也不像和尚,他化缘从不找寻常人家,专找大户,而且喜欢狮子大张口,化一次缘足可供

养寺院数月,世人遂称他为"多索大师",意为索得过多。当然另外还有一个原因,一旦别人没有满足他的要求,他便反复找那施主,不停地唠叨行善的好处,故也有人称他为"啰唆大师"。

王爷沉吟半晌,居然同意多索大师进来。多索大师进来后,开口表示愿意说服江中涛以化得白银千两。

王爷问:"你凭什么能够说服他?"

多索大师从怀中掏出一本破得不能再破的经书,在手里扬了扬:"就凭它。"

王爷的手下唯有苦笑,但王爷决定让他试试。

师爷想安排几个最擅用刑的好手配合他。多索大师说:"和尚劝善焉能做凶狠之事,你们只需准备三天三夜的干粮和饮水,就我一人足矣。"

师爷提醒说:"江中涛武功高强,江湖少有人敌。"

多索大师说:"我又不找他比武,怕他武功干什么? 更何况你们不是已经把他五花大绑了吗? 我只要不松开绳索,任他有多高的武功也是枉然。"

王爷于是吩咐师爷照办,但刑房外面布置得更加森严,以防多索大师故意放走江中涛。

尚不到三天时间,房门开了,多索大师走了出来,交给王爷一份名单。这伙流寇,最初的确是在四处游走抢劫,但经过数年时间,不少人早已在城里置有产业,平时均从事正当生意作掩护,暗地里却仍做那没本钱的买卖。

有了这份名单,王爷很快就抓住了流寇首领薛无霸和其余众头目。

薛无霸像江中涛那样,王爷问他话时,他一言不发。即使大刑侍候,也未能从他口中得出只言片语。直到见到江中涛,薛无霸忍不住

破口大骂："好你个王八蛋，当初咱们是怎么说的？不是誓死不得出卖弟兄吗？你供出我们，人家就能让你活命？"

江中涛忽然垂下泪来："大哥，我很冤哪，我哪是贪生怕死之徒。狗王爷弄得我浑身是伤，我也没供出半个人来。"

薛无霸说："不是你是谁？狗王爷将我们一网打尽，谁能知道得那么详细？"

江中涛说："都是那该死的多索秃驴。我说什么也不肯招，后来秃驴来了。他劝我从善，我不理他。他便念一段经文，然后再劝我从善，我仍未理他。他便继续念他的经，再继续劝我从善。大哥，我前几天本来就没睡好，谁知又是整整两天两夜，我一直未曾合过眼，也不知秃驴的精力怎么这么好，他除了吃饭喝水和喂我吃饭喝水，就是不停地念经和劝我从善，我实在受不了他的啰唆，忍不住供出一个小头目，希望他就此罢嘴。谁知他仍不肯罢休，继续念经和劝善，我的耳朵实在受不了啦，最后不知不觉将大家都供了出来……"

薛无霸长叹一声："这真是成也啰唆，败也啰唆。"

江中涛吃惊地盯着薛无霸："大哥——"

薛无霸喟然说："最初，我老婆也爱啰唆，我忍无可忍，一锄将她劈死，然后亡命天涯，成为流寇。之后我只要一看到啰唆客，便欲杀之而后快。多索秃驴是出了名的啰唆客，可是我始终觉得杀出家人多有不吉，这才放过了他，没想我们就毁在了他手里。"

盗亦有道

○李　蓬

　　王爷消灭了流寇大小头目,其余卒众作鸟兽散。但是头目们的家
眷不甘心,决定联合聘请江湖最厉害的杀手南宫极刺杀王爷。

　　王爷知道江湖没有人能够挡得住南宫极,所幸手下将那伙家眷挡
在了他们去找南宫极的路上。但这也不是办法,万一有个疏忽,或是
南宫极知道王爷阻挡他的顾客,人家同样会出手。思前想后,王爷决
定派人去找多索大师。

　　多索大师摇摇头说:“目前我还不知有谁的武功超过了南宫极。”

　　王爷说:“那就多找些人去联合诛杀他。”

　　多索大师宣了一声佛号说:“那可是一条命呢,更何况杀他的人
也定有伤亡。”

　　王爷不觉盛怒:“他不过是个杀手,难道他的命比本王还重要。”

　　多索大师说:“狗屎王爷,狗屎南宫极,狗屎多索。”

　　王爷不想听他打机锋,问他需要多少钱才能摆平这事。多索大师
提出白银五万两。

　　第二天,多索大师怀揣着五十张千两一张的银票去找南宫极。南
宫极冷冷地盯着他:“大名鼎鼎的多索大师也会来找我?”

　　多索大师问:“我出钱,买你不杀人可否?”

南宫极说:"不可以。"

多索大师又问:"要是有人武功与你相当,你会接单吗?"

南宫极神色傲然:"接。白银五万两。杀不死他就是我死!"

多索大师说:"只出四万九千两行不?"

南宫极怪怪地盯着他,半晌才说:"也只有你多索大师,我才肯破此一例。"

多索大师从五十张银票中抽出一张放入自己包囊,然后将四十九张银票悉数递给南宫极。神色冷峻的南宫极再也忍耐不住,他哈哈大笑说:"原来和尚也要吃回扣。"

多索大师神色狼狈,又递给南宫极一个匣子,说:"被杀者名单就在里面,你晚上再拆开看吧?七天后我希望能够得到你的消息。"

南宫极虽然感到很奇怪,但他还是答应了。多索大师匆匆辞别南宫极,快步跑回金佛寺,召集众僧说:"从现在起,只留金钵一人在寺里值守,其余僧众都出去吧,能走多远就走多远,八九天之后再回来!"

众僧见住持讲话极短,完全不像平时那样啰唆,都连忙收拾东西走人。多索大师抚摸了一下金钵和尚的头,哽咽说:"委屈你了。"

金钵不明所以,多索大师已经出去了。

第八天,多索大师急急赶回金佛寺。刚走到寺门前,他的脸就开始抽搐,只见寺门大开,右门被划下的一块木板掉到地上,斜斜的,似三角形。寺门系上好沉木制成,能够一剑划成这样,也只有南宫极才能做到。

多索大师快步跑进寺里,这时有人从厢房探出头来,正是金钵。他飞奔而出,陡地扑倒在多索大师怀里,抽泣着叫了一声"师父"。多索大师便开始闻到了屎尿味。

那天众僧刚刚悉数离开金佛寺,南宫极便来了,他要找多索大师。见多索大师不在,就一直候在寺外。第六天,南宫极离开金佛寺。第

七天傍晚,他红肿着双眼又来了。南宫极敲门,金钵走得稍慢,他一怒之下便将木门划烂,踢开门便往里面撞。金钵见他这个样子,当场就吓得把屎尿流在了裤里。南宫极未能找到多索大师,口里大骂"死秃驴",然后就自杀了。现在尸首尚在后院……

多索大师爱怜地用手一遍又一遍地摸着金钵的头。良久,他带着金钵去后院,他看到南宫极死不瞑目的样子,默默地念了一遍超度经。旋即让金钵去找拉菜的板板车,他将南宫极的尸体小心包好,一边将尸体轻轻放到车上,一边安慰金钵别怕,叫他快去换条干净裤子在寺里好好呆着,自己还得拉着尸体去王府。

王爷验明正身后,大喜。问:"你怎么杀死他的?"

多索大师指指南宫极的尸体说:"我请他杀的。"

王爷不觉愕然。多索大师说:"南宫极最重信诺,我设计请他自己杀死自己,按他的个性必不会失信于我。只不过他想在杀死自己之前杀我泄愤。事先我便躲了,所幸他没有对寺里的小和尚动手,这也与他从不轻易杀人,而只是为了重金才肯杀人的信条相符。他仅仅将一扇门打烂——"

王爷不理解南宫极为什么要这样做,但他想帮金佛寺重做那扇门。多索大师从怀里掏出那张千两银票说:"这里有一千两,拜托王爷把它们分给那些被灭流寇的家眷吧。"

王爷接过银票,张张嘴,终于没说什么。

多索大师走出王府,刚好遇到一个满身珠光宝气的女人。女人也看到了多索大师,她发疯似的冲过来,一记耳光扇在他脸上,怒气冲冲说:"死秃驴,你逞什么能?你有本事就自己去,干吗要拿我们的儿子作挡箭牌。金钵真要是出了事情,老娘就与你没完……"

多索大师用手捂住被打的那边脸。这次,他不仅没有啰唆,甚至没有吐出一个字来,而是转身绕道走了。

凉 皮 王

○刘　渊

　　"凉皮王"是我们这座小城的一张名片。

　　小城有条水乡路,路分南巷和北巷。"凉皮王"坐落在北巷的巷子口上,店面不大,也就三十平方米,专卖凉皮。生意虽小,却做得风生水起,无论春夏秋冬,光顾凉皮店的人络绎不绝,去的去,来的来,流水似的。

　　凉皮王的老板叫王贵。王贵打小患了小儿麻痹,两条腿一长一短,一粗一细,走起路来一瘸一拐的。王贵的父母先后去世,留给他的遗产就一个店面。王贵成人后跟人打了几年工,也没挣多少钱,后来,王贵专心跟一个回族大妈学了一手做凉皮的手艺,就在北巷自家店面里做起了凉皮生意。王贵直到 38 岁才娶上老婆,老婆叫玉凤,过门时还带了个 10 岁的女儿英子。

　　玉凤之前嫁过两个男人。头一个出车祸死了,第二个另外有了相好的,跟她离了婚。玉凤嫁给王贵时已是 35 岁。他们的婚事是经人介绍的。虽说王贵腿有点瘸,但为人忠厚、本分,又会一门手艺,玉凤想到自己孤儿寡母的,就点头同意了。

　　王贵老大年纪才娶上个老婆,心里花儿烂漫,成天脸上挂着笑容,乐呵呵的,像是打了一针兴奋剂。王贵把玉凤宝贝得什么似的,生意

再忙,也不让玉凤插手,说这活儿累,料理好家务,带好女儿就行了。

王贵做生意不贪财,他给自己规定,每天只做 30 斤面的凉皮,既不多做,也不少做,每天卖完就关门。别看做凉皮是小生意,做好也不容易。通常晚上 10 点开始干。首先,把 30 斤面粉用水和好,揉成面团,硬了不行,软了也不行,要恰到好处,面团揉好后,让面再醒一个钟头。而后,把面团放进水盆里洗出面筋。洗啊揉啊,直到把面筋全洗出来为止。这样,每天要熬到午夜 1 点钟左右才能上床睡觉。睡觉前,王贵调好闹钟,提醒他必须 6 点起床。起床后先蒸面筋,后蒸凉皮。蒸凉皮要特别掌握好火候,时间短了,蒸不熟;时间长了,又过了头。一张一张地蒸,蒸完 30 斤面的凉皮,天已大亮了。可活儿还没有完,匆匆地扒拉了几口饭,王贵还有许多事要干,除了准备各种作料,还要备好绿豆芽、黄瓜丝、香菜什么的。

王贵做凉皮,从来不放色素,可一色儿黄亮亮的,又薄又筋道。客人进得店来,招呼间,一大盘凉皮就上桌了。上面撒上一撮绿豆芽、黄瓜丝、香菜,再浇上葱、姜、蒜末、油泼辣子和香醋。看上去红的红,黄的黄,绿的绿,让人胃口大开。

王贵的生意做得火,日子也过得和和美美。结婚一年后,玉凤给他生了个胖小子,取名壮壮。王贵拿出多年攒下的钱,在北巷新开发的"在水一方"小区买了一套 80 平方米的新房,住进了新家,王贵不由在心里一遍遍地感叹着生活。

过了几年,又过了几年。王贵把英子送进了大学,壮壮也上了小学。这段日子,玉凤发现王贵常常背着她叹气,深一口浅一口的。而且,王贵的脾气也越来越坏,动不动就朝她发火。后来,还逼着她跟他一块儿干活——和面啊洗面筋啊蒸凉皮啊,每日陪着他干到 12 点。玉凤想到以前,王贵什么都不让她干,现在可好,逼着她干不说,还动不动就朝她发火,玉凤一下子受不了,哽着声音骂王贵:你以前对我的

好全都是装出来的。王贵回道：这个家又不是我一个人的，你就该享清闲啊？玉凤又颤着声骂道：你就是个骗子、骗子……王贵气急了，高高地举起了巴掌——那巴掌在空中抢了一下，到底没有落到玉凤的脸上。玉凤却哭得泪人似的，扭身进屋取了几件衣服，一气之下就回了娘家。

玉凤回了娘家，王贵的生活一下子全乱了，既要做生意，又要管孩子，一下忙得昏了头。一闲下来，王贵揉着自个的腹部，一张脸灰灰地愁苦着。

过了几天，又过了几天。王贵掂上礼品盒去了岳母家，央求玉凤跟他回家。岳母见了王贵，当头就给他一顿数落。王贵闷着头一声不吭，等岳母发完了火，这才对玉凤说：回家吧，我错了。你错啥？玉凤说，你不是能耐大着吗？家里少了你真的不行，王贵苦着脸说，壮壮成天哭着要你回家呢。

玉凤上上下下把王贵望了，发现王贵脸色蜡黄蜡黄的，脸颊也瘦了一圈，心里不知什么地方动了动，又动了动。玉凤说：那你以后还发火不？不啦，王贵湿润着声音说，我这是，是……王贵欲言又止，眼眶却一下红了。玉凤最终跟王贵回了家。

不久，玉凤发现王贵的身体一天天消瘦下去，有时连站也站不稳了。这样，王贵不再做凉皮了，生意全交给玉凤打理。

过了一段时间，王贵有天突然晕倒了，玉凤一下慌了神，赶紧把王贵送到医院检查，结果出来，令玉凤脸一下白了——王贵已是肝癌晚期，医生说生命只有两个月的时间了。玉凤抱住王贵哭软了身子，心里风霜雨雪地说不出有多痛。王贵攥着玉凤的手，语气倒是显得十分平静：如今你能撑起这个家了，我走也放心了。

在陪伴王贵最后的日子里，玉凤想起了许多许多。她终于想明白，王贵为什么要逼着她掌握一门手艺，为什么硬撑着不去住院治疗

……一切一切，全都是为了这个家啊！想到这里，泪水又一次模糊了玉凤的双眼。无论将来如何，她一定要顶起这个家，还要把"凉皮王"这块招牌撑下去……

云　雀

○刘　渊

　　州报社的刘流与州歌舞团的高歌是一对过从甚密的文友。刘流编报之余常搞点副业,写些歌词,而高歌在团里的活儿是专职作曲。几年下来,两人已联手写了一些歌,挺西部风情的那种,不仅在自治区弄出了点名堂,还有一两首被歌手唱进了央视的《新视听》。

　　央视两年一届的青年歌手大赛使他俩很痴迷很向往,一直想创作一首歌去参赛。写啊谱啊,憋足了劲儿总算弄出了一首《遥远的巴音布鲁克》,自我感觉不错。

　　春节后的一个星期天,刘流接到高歌的电话,要他去听听他最后的曲谱定稿咋样。刘流就乐颠颠地去了。到底是合作多年,新作又经过多次的打磨再打磨,雕琢又雕琢,觉得比以往的都有韵味。

　　中午时分了。高歌说,就在家让老婆炒几个小菜一块儿喝两盅吧。刘流说,好啊,你还欠着我两顿酒呢。高歌的贤妻不愧一手好厨艺,一会儿工夫几个拿手家常小菜就端上了桌子,伊力特酒也掂了出来。两人喝着聊着,估摸着找谁来演唱这首歌最合适。他们清楚,参加自治区歌手选拔赛,那可是高手如林,一点都马虎不得的。

　　丁零零,丁零零,一串清脆的门铃声响起。高歌离座起身去开门。嚯!从敞开的门外进来的是一位蒙古族姑娘,手里还掂着一个褡裢。

高歌感到陌生得很,可又让他眼前倏然一亮——姑娘 20 岁左右,穿一件蒙古族大襟长袍,长袍上还绣着花儿;脚蹬一双深红长皮靴,显眼得很。再细一瞅,太阳色的脸颊上浮动着两朵红云,大眼睛,苹果脸,那鼻子又高又挺,青春勃发中透出几分灵气。

姑娘放下褡裢大大方方先开了口。

姑娘说,你是高歌老师吧?

高歌说,是我。

姑娘说,这位是……

高歌说,他是刘流老师。

姑娘说,我叫娜仁花,是从巴音布鲁克大草原来的。

高歌说,一眼就看得出来。

姑娘说,好不容易才找到你家啊。

高歌说,歌舞团家属院住得偏,是不好找。

娜仁花大大方方地坐了下来。她接过高歌递上的一杯纯净水,呷了一口,自我介绍说,她是巴音布鲁克草原上一位牧民的女儿,自个儿打小就爱唱歌,奶奶唱的歌,妈妈唱的歌,她都会唱。

高歌说,那是,巴音布鲁克草原我去过好多次,蒙古族人天生就有一副好嗓子。

娜仁花说,县文化馆的黄老师说我嗓子不错,要我来参加州上的青年歌手选拔赛,还说最好唱您写的歌,这不,我就骑了一天马、又坐了半天车赶来了。

高歌真有点感动了。说,敢情好。那你唱一首蒙古族民歌我们听听。

娜仁花说,那我就唱《草原,我的天堂》吧。想不到,她一亮嗓就让两位吃惊不小——高亢嘹亮中透着浑厚,悠扬婉转中流溢出深情,特别是那长调唱得太地道太有味了,像那天山上初融的雪水潺潺地流

淌,像那红鬃马呼啸着驰向天边的流云,像那白天鹅扑棱棱掠起天鹅湖一层层蔚蓝……

云雀!一只巴音布鲁克草原上飞来的云雀!

娜仁花一曲唱完,客厅里响起一阵掌声。

音色太美了!刘流和高歌不约而同地交换一个眼色,点了点头。高歌清楚,即使在他工作的州歌舞团里挑,也挑不出她这样一副好嗓子。倒不是说她的演唱技巧如何娴熟,而是她那种与生俱来的纯朴自然与独特韵味,是许多专业歌手无法比拟的。高歌说,我看新歌就让娜仁花唱吧。刘流也说,娜仁花的嗓音的确是那种"原生态"的。

这当儿,娜仁花起身从带来的褡裢里掂出一只羊来,那是一只还带着血色的羊羔。娜仁花说,二位老师,我听文化馆的黄老师说,央视参赛歌手唱大音乐家写的歌都要掏大价钱,我家拿不出钱,只能给老师送一只羊。

高歌与刘流一时愣了,哑巴了,不知该说什么。是的,以前他俩联手给企业、学校创作歌曲时确实也收过稿费,三千五千的都有。不过,此刻,两人几乎异口同声地说,娜仁花,你的心意我们领了,可这羊确实不能收。由你来唱这首歌,倒是我们要谢谢你才是呢。

娜仁花坚持说,羊都宰了带来了,哪能带回去?要不,阿爸阿妈会骂我不懂得礼貌。

这倒叫高歌和刘流有些为难了。愣怔了半晌,高歌一拍脑门说,有了,我的叔叔开着一家餐馆,要不就把这只羊羔送到餐馆去卖给他,起码也得值二百块钱,娜仁花在州上参赛期间的食宿费就够了,好让她抓紧时间练歌。

高歌说,嗨,还是老兄你脑子灵光,好主意。

接下来,高歌让娜仁花先跟着他一块试哼《遥远的巴音布鲁克》。娜仁花一亮嗓子,真的像有一只草原飞来的云雀在婉转鸣唱……

枣　妹

○刘　渊

　　这些天,枣妹心里像是抹了蜜一样甜丝丝的——倒不是她家的红枣园又迎来了一个好年成,也不是她被县里授予"红枣种植能手"称号,而是她苦心创办的"丝路明珠风情园"过几天就要开园迎客了,她心里怎能不溢满巨大的幸福呢?

　　三年前,刚从职业技术学院园艺专业毕业的枣妹,不想留在乌鲁木齐谋职,更不想像有的女生那样找个有钱的男友嫁人。听说县里正大力推进红枣产业,她就毅然决定回乡当一个红枣种植大户。

　　枣妹她爹听说上了三年大专的丫头要回乡当一个农民,气得脸色比暴风雨前的天空还要阴沉。枣妹她娘倒挺支持丫头,朗声说:县上提出"要想富,种枣树",我看丫头的想法不会错。枣妹她爹一看老婆也跟丫头一个鼻孔出气,瞪着眼睛高声大气地说:那好,咱家刚好45亩地,那就划给你娘俩30亩,你们愿种啥种啥,我那15亩还是种棉花。枣妹她爹的想法代表了村里相当一部分人的想法,种棉花当年就能见效益,售价也不错,收入来得更快一些。

　　驻村的县林业局技术员方正听说这事后,急慌慌地找到枣妹她爹,苦口婆心道:大叔,你不想种红枣是怕赔吧?你听我跟你聊一聊。方正把种红枣的好处说了一大堆,枣妹她爹就是听不进一个

字。方正只好无奈地摇摇头。

枣妹送方正出了门，在院外一棵老榆树下站住了。她扑闪着一双水汪汪的眼睛望着方正，低声说：方技术员，今后你可得多帮我啊！方正是三年前从塔里木大学林果专业毕业的，年龄比枣妹大不了几岁，人显得又帅气又精神。他看着枣妹那一双黑葡萄似的眼睛，一下就愣在那里了——他还是头一次这么近距离地看枣妹。站在他眼前的枣妹，深眼窝，长睫毛，饱满的胸部一颤一颤的，他怔了一下，嘴里干干涩涩地说：哎……那是……

枣妹忍不住笑了一下，她大大方方地握着方正的手，说：反正今后少不了给你添麻烦。瞬间，方正的心全乱了，像有一群野兔子在冲撞着。那一刻，热情淳朴的枣妹定格了，深深地刻印在方正的心坎上。

这年开春，枣妹和她娘的30亩地全种上了红枣，枣妹还听了方正的建议，在枣园里搞了枣粮、枣瓜间作；而枣妹她爹那15亩地全种的棉苗，他一心想跟丫头比试比试，看谁的收入高。

塔克拉玛干沙漠边缘春季多风。农民种地最怕的就是开春的沙尘暴。沙尘暴一刮，地里的苗全完了。四月中旬，肆虐的沙尘暴果然又刮了个天昏地暗，枣妹她爹刚出土的棉苗一下全毁了。看着满地毁掉的棉苗，枣妹她爹顿时瘫坐在地头上，脸灰灰的，直叹气。

枣妹给她爹送饭来到地头，哽着声说了一句：爹，抓紧时间补种还来得及。之后几天，一家人从早忙到黑。枣妹她娘累得直嘟哝：要是种枣树就不会遭这么大的天灾了。枣妹颤着声对娘说：娘，你就少说一句吧，爹已经够难受的了。女儿总是心疼父母的，她打发爹妈先回家，独自一人留下来又干了一阵儿，她头上的白头巾像夜里的星星，在夜空下闪动着星星点点的亮意……

这一年，枣妹种下的红枣当年就挂了果，平均每亩的产量不低，

加上间作收入,每亩收入超过 1000 块。方正一有空,就来帮着枣妹收枣,两人有说有笑的。方正看着枣妹红扑扑的脸蛋,心里热乎乎的,还有一缕缕扯不断理还乱的东西在心里滋长着。他觉得这就是爱情。

过了一年,又过了一年,枣妹她爹见丫头种植的红枣收入越来越高,也把他那 15 亩地全交给丫头种上了红枣。

枣妹是一个脑子灵光的姑娘,不时总有一些新点子冒出来。她发现近年来古丝绸之路的观光客越来越多,脑子里就冒出了一个想法:把自家的园子搞成风情园。她把这想法给方正一说,立刻得到方正的赞同。方正直盯盯看着枣妹,喜滋滋地说:要是那样,你就大发了。从此枣妹更忙了。她在院前院后种上了香梨啊苹果啊石榴啊蟠桃啊无花果啊白杏啊什么的,光一条葡萄长廊足足就有 100 米长。枣妹是这么想的:远来观光的、城里休闲的来到她家,不仅可以睡农家炕,吃农家饭,还可以吃烤肉、尝红枣、品马奶子葡萄,领略丝绸之路的民风民俗,享受人与大自然和谐相处的乐趣……

春去秋来,转眼又是红枣成熟的季节。枣妹筹划已久的"丝路明珠风情园"总算开张了。方正帮枣妹在县电视台打了广告,又邀请了县歌舞团的几位名角来演出助兴。这天,风情园里像赶巴扎(集市)一样热闹,笑盈盈的枣妹一身粉红色套裙,一脸灿烂的阳光,连她自己也不知是在梦里还是梦外了。

过了一会儿,噼里啪啦一串鞭炮炸响,震落了天空的彩霞,还惊起白杨树上的鸟儿扑棱棱乱飞。接着,一曲《红枣之乡小调》从店前的音箱中传出,是那么婉转悠扬——

走进诗里 走进画廊

如诗如画哎我美丽的家乡

丝路明珠勾起多少人畅想

绿洲新城披上七彩的新装

麦西来普舞动那天山彩霞

阿娜尔汗唱圆了一轮月亮

…………

咸 杀

○罗榕华

古邑镇地理位置特殊,三面环水,南溪河绕镇而过,南溪支流汇聚至此,河面骤开,水势平缓,所以,古邑码头曾是繁华一时的农副产品的集散地。古邑镇街铺沿河一字排开,人来人往,热闹非凡,正所谓"江中百舸争流,陆上商贾云集"。

古邑镇民风淳朴,居民热情好客,喜欢用传统的南溪腊鸭待客。南溪腊鸭历史悠久,肉质结实,酥香隽永,是南溪民间传统名菜,更是品茗下酒的佳肴,经南来北往的商贩口口相传,早已声名远播,慕名前来者络绎不绝。

两年一度"腊鸭王大赛"是古邑镇传统民俗活动保留的压轴节目,比赛当日,人头攒动,锣鼓喧天,鞭炮齐鸣,往日不苟言笑的衙役一身红装,整整齐齐伫立街口,充作临时迎宾僮。

"腊鸭王大赛"由知县胡老爷主持,"腊鸭王"获得者由特邀评委知府孔大人亲自授匾,新科腊鸭王不但可赢取奖金银元 500 枚,还将披红挂彩游街三天,那份荣耀足让人羡慕得眼珠子蹦地,更重要的是腊鸭王作坊将被圈划定为新一届官府衙门指定腊鸭生产加工"官坊",所有成品可加盖州府印信印戳,"奉印生产"如同财神恩泽,其威力足可使一爿名不见经传的腊鸭铺一夜间名声大噪,赚得钵满盆满。

这一年的腊鸭王大赛更是大手笔,除了往年常规奖励条件外,附加一条,胡知县独苗千金胡金月将下嫁新科腊鸭王家中适年男丁。胡金月年方二八,是南溪城出了名的美人儿,冰肌玉骨,柳腰桃面,明眸皓齿;才艺更是百里挑一,诗书琴画无所不能。

这消息无疑是一管强心剂,似乎一下就扎在古邑镇敏感的神经上,宁静的古邑镇再也不能平静了,街头巷尾到处充斥着宰杀放血前肉鸭嘎嘎的哀叫声,年轻的男丁像突然间被打了鸡血,扎围裙卷袖筒嚷嚷着要拜访大师傅学习腊鸭制作,甚至连镇西弹棉花的瘸腿老光棍黄大麻子家门口也一地鸭毛……

胡知县绝非凡人,其实他早已暗中派人调查清楚,古邑镇腊鸭铺32家,有加工作坊的18家,工艺可能上"官坊"资历的5家,有实力夺冠的却只有两家,一家街东的马记,另一家是街西的汪行。这两家不相上下,家境殷实,富甲一方。两家大公子均20岁冒头,一表人才,精明能干,年纪不大却已在商场摸爬滚打多年。

胡知县心里打着自己的如意算盘。他暗忖:不论哪一家胜出,他的千金都可以嫁入豪门,一辈子吃穿不愁。胡知县非科第出身,原只是个捐贡,为了补知县这个实缺,几乎掏空了家底,他深知银子的强大功用,所以他择婿首要条件便是金钱上不能委屈了女儿。

南溪腊鸭传统制作流程是把肉鸭宰杀开膛洗净,切去翅、掌、下颚和舌,放入调味好的缸中腌24小时后取出,用小竹条撑开成板状,接着悬挂户外自然风干,最后地炉中烧木炭进行烤制,先用中火脱水,再用小火烤干;烘熏时用悬式铁架,随时翻动,使其受热均匀,防止烧焦;熏烤36小时,直至外皮成金黄色。

马家深谙此道,一门心思在制作工艺上狠下功夫,他在风干腊鸭时表皮抹一层芝麻油,既可以增加香味,又防止苍蝇下蛆;为提色增香,烘熏时他精选当地油茶籽榨油后的茶枯饼燃烧,这样腊鸭肉会熏

染上油茶的天然清香。

汪家则在肉鸭饲料上大做文章,他选用颗粒饱满的稻谷为主料,拌入碾碎的党参、鹿茸、当归、枸杞、黄芪等大补药材,再用海参煲汤掺进肉鸭的饮用水里增加营养。参赛肉鸭的伙食更是讲究,白天开小灶,晚间上宵夜,所以王家圈养的肉鸭个个肥头臕身,走起鸭步来一颠一颠,步履蹒跚,肥屁股几乎坠地,左摆右晃,令人忍俊不禁。

腊鸭王大赛如期举行,赛场选在县府衙门前露天广场上,比赛当日,人山人海,旌旗蔽日,街巷交通淤塞而车马不能过,州府县衙门官吏 12 人嘉宾席正襟危坐,与往年不同,今年大赛特邀著名美食家袁先生作总评审。

评审标准分"形、色、味"三关,经"形"与"色"的严格挑选,最后入围决赛的只有三家,马汪两家为腊鸭世家,入围决赛,情理之中;19岁秀才罗浩然榜上有名实出所有人意料,按时兴话讲,罗是半道杀出的一匹黑马。

最后一关是品香,此关优胜者即为腊鸭王。15 分钟后,三大盘现场热蒸的腊鸭端到各位评审和官员面前。品评结果很快出来:马家腊鸭酥香浓郁,但肉质略感松懈;汪家腊鸭鸭肉鲜美却肥腻有余;罗家腊鸭肉质结实,肌理细腻,肥而不腻,瘦而不柴,咸香隽永,回味无穷……很明显,罗家腊鸭更胜一筹。

袁先生当众宣布罗浩然夺魁。袁先生说,盐的使命是调出菜肴里固有的味道,改善肌理的质地。在中国烹调的词典里,盐是百味之首,罗家这道腊鸭的咸味用得妙呀,妙在自然天成,妙在返璞归真。

栽在一个文弱书生手里,马汪两家极不服气,认定其中必有蹊跷,要求评审团实地勘查。

在一个双肩携风的山包里,大伙见到了罗浩然饲养的肉鸭,莫名其妙的是鸭子吃完喂食的稻谷便纷纷往 300 米外的山顶赶,大家跟随

追到山顶,发现山顶上人工新掘一口清水塘,鸭子们一到水塘边便抻长脖子迫不及待地低头饮水。

袁先生抓一把稻谷在嘴巴上舔了舔,大呼:"妙!妙!妙!"他对丈二和尚摸不着头脑的众人说,稻谷中掺盐巴,鸭子一吃,舌根生咸,咸便发渴,渴必寻水,而水源在山顶,要喝水需爬300米山路,喝完水要觅食,又得赶回300米下的山脚,如此一个来回就是600米路程,每投喂一次循环运动一次,咸味被鸭身均匀吸收,难怪罗浩然的鸭子肉质结实,咸香通体,这样的肉鸭宰杀后制成腊鸭,是失传已久的"咸杀"手艺呀!

袁先生问罗浩然,此主意为你所想?

罗浩然连连摆手,指了指身旁的胡金月小姐说,都是她出的点子!

原来罗秀才是胡小姐的私塾老师,他们年纪相仿,日久生情,早就相约秦晋之好,不承想胡知县要把她作为"奖品"下嫁腊鸭王,无奈,她被逼想出此奇妙之法。

袁先生闻言,频频颔首,赞曰:"胡小姐真乃奇女子也!"

罗浩然顺理成章摘得腊鸭王,胡知县也被他和女儿的真情感动,应允他们喜结连理,但坚决要求罗浩然婚后不得再做腊鸭,而安心读书,去考取功名。

"胡氏腊鸭"之声名却在南溪城异军突起,一年后成了南溪腊鸭品牌,"咸杀"手艺更是延传到今。

一只猴子的春天

○罗榕华

城东的天桥下发生了一起"刑事案件"：一个衣裳褴褛的中年男子手脚被扎扎实实绑在一个废弃的十字角钢上，嘴里塞着一双臭袜子。他似乎为动物利爪所伤，全身血痕道道，衣裤被撕扯成破布条。

10分钟后警察到来，正待上前营救，突然从旁边飞来如雨点般的碎石。一只猴子一边手抓碎石投掷一边围着中年男子愤怒地哀叫，不让人靠近。

有人认出中年男子是个耍猴人，猴子是他的搭档，至于他为什么会被绑在铁架上，又为谁所伤害，不得而知。

好奇的人越来越多，围观的人也越来越多，影响越来越大，警察很着急……

这是一只很有灵性的野山猴，四年前它出生在一个叫鸳鸯谷的美丽地方，那里桃红柳绿，山清水秀，它的大家族世世代代在这里幸福舒适地繁衍生息。它出生于一个雪后初霁的春日，次日山谷便冰雪消融，万物复苏。要知道对刚熬过一个漫长寒冬的野山猴来说，一个春天有多重要，正因此，它的父母格外疼它，亲切唤它作春天。

鸳鸯谷山涧有深潭，清可见底，月朗星稀之夜，天上的皎月便悄悄潜入水中，这水中之月被鸳鸯谷的野山猴尊奉为月神，年长者常携子

抱孙到潭边默坐。春天是一个机灵又淘气的家伙，大伙正襟危坐之时，它偷偷往水潭丢一石子，月神便羞涩褪去，它还调皮地对大家吐了吐舌头，扮了扮鬼脸。

猴王佯装生气。

春天屏息敛气，竖一指至嘴边做压声状，似乎在说，嘘！不急，不急，耐心等 1 分钟，我给大家把月亮变回来……大伙被它逗乐了。

这样幸福的日子并没有坚持多久，先是几个扛"支架"拿本本戴眼镜的人进入鸳鸯谷，三个月后带弯斗的钩机挖机开进来，半年后一车车水泥砂石携一身尘土驶进来；最可怕的是那如雷般的石炮，每爆破一次足可以吓哭小猴们。春天的六婶天生胆小，竟然被第一声石炮吓丢了肚中的小宝宝……鸳鸯谷的寂静被打破了，青山绿水蓬头垢面。野山猴的家园没有了，取代的是一座冷冰冰的水电站。

好强的春天心有不甘，它若干次跃过挡水坝往电站的窗玻璃扔石块，"哐当"，窗玻璃每一声清脆破裂都是它愤怒的宣泄。很快，春天对砸玻璃的行为上了瘾，逐渐习惯享受窗玻璃接二连三支离破碎的情形，于是它天天去砸。当第 18 块窗玻璃应声"开花"时，春天也失去了自由，它被俘虏了。

捕获春天的是一个花甲老头，他粗暴地把春天塞进一个锈迹斑斑的铁笼子里，再包遮上恶臭的油毡，那才叫真正暗无天日的日子，除了底部勉强挤进一点浑浊的空气，没有阳光，没有食物，也没有水。三天后，春天被老头"释放"出来，它瘫软在地上，眼冒金星，饿得连翻身的力气都没有，至于那与命运抗争的信念，早已消失殆尽！

两天后，猴子春天被廉价卖给了一个邋遢的中年耍猴人，接下来的日子，它要学习作揖、敬礼、敲锣、倒行车、踩滚木、讨钱等技艺，甚至还要学会调动气场：故意抢过耍猴人手中的皮鞭转身假意抽他，偷偷抓一把水果刀猫到耍猴人身后佯装偷袭状，夺过观众嘴中的香烟跑至

远处吞云吐雾作惬意状……

学艺的过程是艰苦的,虽然春天天资聪明,还是少不了耍猴人的呵斥和皮鞭伺候,最初的一段时间,它几乎遍体鳞伤,缺医少药不说,还忍饿受冻,一日三餐只给一顿,一顿也只是半饱。

日月交替,冬去春来,猴子春天四处漂泊,每天机械地重复着猴戏,它已无心感受季节的变化,是呀,春天来了,它生命中的春天却依然囚禁在寒冬里!

直到春花到来……

春花是一只右脚受伤化脓高烧并痴语不止的年轻母猴,它在一个暴雨瓢泼之夜被送来,来人是动物园清洁工,他向耍猴人索要了20块钱便匆匆走了,很显然这是一只遭遗弃的病猴。惊醒的春天发现耍猴人给昏迷的春花灌下退烧药,又向它的伤腿抹点消炎水,之后便倒头睡去。

同病相怜让两只可怜猴走在一起,春天靠近春花,见到春花不住发抖的身躯,情不自禁抱紧它,用体温抵挡从门缝不断侵袭的倒春寒。第二天,春花竟然奇迹般地苏醒了。

三个月,春天和春花在相互帮衬和照料中产生了爱情,它们相濡以沫,相敬如宾,它们会相互推让观众施舍的食物;春花默默给春天抓走身上的虱子;春天悄悄为春花扎一朵糖纸花……这是一段心醉的日子,两只猴子虽然被羁拘了自由,但丝毫不影响爱情带给它们的幸福,特别是春花肚子有了它们爱的结晶时,春天心花怒放!

幸福的时光总是很短暂,春花在向观众讨钱时不小心打翻了"钱盘",气急败坏的耍猴人狠狠地向它的肚子踹了一脚,鲜血顿时流了出来,春花流产了!正在表演的春天迅速跑了过来,耍猴人不管不顾,皮鞭狠狠抽到它们的身上,春天心碎了……

警察申请了特别支援,20分钟后两把麻醉枪送来了,15分钟后那

个叫春天的猴子像醉汉一样晃悠悠晕倒在现场,中年男子获救了。

案件很快弄明白:绑架耍猴人的是三个不务正业的年轻"小混混",目的是抢夺两只猴子,然后卖到酒店屠杀取活猴脑获利,只是春天警醒逃脱,而春花未能幸免。耍猴人说:"三个年轻人逃跑后,返回的春天不但没救我,还像疯子一样,对被绑不能动弹的我又撕又扯又咬,还拿我平日抽打它的鞭子打我,不是假打,是真抽!"

沉吟一会儿,耍猴人叹了口气,悔恨莫及地说:"我知道它恨我,平常没轻没重抽打它,还踹它心爱的春花,一只猴子对生存无望到了极点,它才会这样失去理智。"

在场的警察唏嘘不已,其中一个对另一个感慨说:一只猴子没有了春天,是不是也是件很可怕的事情?

另一个无奈地笑了笑,是呀,是呀!瞧瞧,一只猴子被他们逼得……嗨……

意 外

○刘 林

　　那时,吴小美是我的同班同学,从小学到初中,有好几年还同过桌。吴小美长得特整齐漂亮,十里八乡的人都说吴家飞出一只凤凰。吴小美的父母长相普通,人也老实,偏偏有这么一个女儿。吴小美的漂亮不是一般的漂亮,是那种震撼人心的美。眼睛鼻子嘴巴哪样落在吴小美的脸上都恰到好处,让吴小美的一张脸格外生动美丽。吴小美的身段也棒,还有走路的姿势,举手投足,都给人一种美的享受。

　　吴小美还是个高一学生,上初中时吴小美就格外光彩夺目。那时,班上的男生都在心里想和吴小美谈恋爱,但谁都不敢有实际行动。吴小美实在太美了,吴小美的美是属于全班同学的,哪个敢单干就会成为全班男生的公敌。那些社会上的小青年就不同了,我们的高中在一个小镇上,吴小美一出校门,常被一些男青年追着要和她处朋友。吴小美很害怕,一般很少出校门,要出门时也是三五个同学结伴而行。

　　吴小美和我还有女同学曹青霞同一个村子,三家隔得还不太远。上初中高中,我们一星期回一趟家,我和曹青霞一起结伴上学回家,吴小美则由她爸接送。吴小美父母对女儿看管得紧。曹青霞父母身体不好,家里穷得叮当响,勉强供着她上学。但曹青霞读书很用功,成绩也好,一直在年级排名前五。曹青霞埋头读书,沉默寡言,和吴小美处

—— { **183** } ——

得很一般,她常和我一起结伴上学回家。我和曹青霞的成绩不相上下。

那天晚自习,一个长发男青年突然从侧门冲进教室,冲到曹青霞身后,一只手从后面扼住她的脖子,一只手攥着一把闪光的刀子,颤动的刀尖对着曹青霞。长发男青年声嘶力竭地喊,吴小美,我喜欢你,吴小美,我要和你谈恋爱。吴小美,你不答应我,我就杀了你……

眼前这阵势把同学们吓傻了。大家张大嘴巴,傻劲儿望着长发男青年和曹青霞。曹青霞咋招惹这个长发男青年了。

不对,长发男青年分明是冲着吴小美来的,可他却错把曹青霞当成吴小美。曹青霞和吴小美都梳着马尾巴,从身后看两人还真分不出彼此。

小美,我爱你,除了你,我心里再也放不下别人……长发男青年近乎哀求。

吴小美傻呆呆的,一动不动。

我只两下就跳到吴小美身边,把吴小美护在身后,两只手抓着课桌边儿,我冲长发男青年喊,你弄错了人,你抓的不是吴小美,吴小美在我这边。

长发男青年一下子傻呆呆的,他看着吴小美和我,一时不知所措。

吴小美紧贴在我身上,我感到吴小美身体的颤动。

咣当一声,刀子从长发男青年手上跌落在地上,他扼住曹青霞脖子的手也垂落下来。

见有机可乘,我猛地冲上去,用双手攥住长发男青年,旁边的男生也一拥而上,将他捆住了,长发男青年很快被镇派出所的警察带走了。

事后,曹青霞和吴小美一下子成了全校的焦点。曹青霞受了惊吓,人似乎还在那天的恐惧中。吴小美想想感到后怕,如果那天对方不是弄错了人,事情会发展到哪步谁也说不准。她从未招惹这长发男

青年,对方咋无缘无故地冲进学校来呢。她长得漂亮又有什么错。吴小美心里特委屈。

谁也没想到,曹青霞的成绩直线往下掉,一直落到班上二十几名,掉下来后成绩老上不去。师生们都替曹青霞感到惋惜,曹青霞原先的成绩是可上重点大学的。

吴小美的成绩却上来了,吴小美变得十分用功,有不懂的地方就主动问我。一开始大家想不明白,后来也就想通了,这吴小美是想通过读书离开这个小地方。

高三开学时,曹青霞就再也没来上学,听我父母说,辍学不久曹青霞就嫁人了,嫁给邻村村支书的独子。那家给了曹青霞父母一大笔彩礼。

师生们都替曹青霞感到可惜,如果没有那起意外,曹青霞一定会考上大学,她的人生就会是另一番景象。

高考分数出来后,我和吴小美都上了重点线,并且还被同一所大学录取了。暑假结束后我和吴小美一起结伴踏上新的人生征途,在那奔驰的列车上,不知为何,我眼前老是不停地晃动着曹青霞的身影。

大学毕业后不久我结婚生子,有了一个幸福的家庭,我的妻子吴小美常幸福地对我说,高一那次意外,当我把她挡在自己身后那一刻,她就深深地爱上了我,我是她生命中唯一的救星。

这十年里,我面前老是晃动着曹青霞的身影。她活得好吗?

那年春节,我和小美带着儿子回家过年,我决定和小美一起去看曹青霞。小美犹豫了一下,还是同意了。

在曹青霞家破败的屋前,我们见到了她。曹青霞男人不成器,吃喝嫖赌样样拿手,曹青霞三十不到的人却像一棵枯树,她迷茫地望着我们说,谢谢你们来看我。

我心里泛起无尽的酸楚。

小美泪水涟涟地说，青霞，真对不起。

曹青霞突然捋了捋被风吹乱的头发，挺了挺身子笑了笑说，当年只是个意外。

是呀，当年要是没有这个意外，我们人生的轨道肯定和今天大不相同。